無表情御曹司は
新妻とイチャイチャしたい

佐々千尋

Illustration
要まりこ

gabriella plus

無表情御曹司は新妻とイチャイチャしたい

contents

gabriella plus

イラスト／要まりこ

無表情御曹司は新妻とイチャイチャしたい

第一章

……今日の午前中は取締役会議……お昼を済ませたあと、四時まで取引工場の視察を兼ねた会合……一度、本社に戻って、決裁書類を確認……夜はお得意様との会食……。

頭の中で一日の予定を反芻《はんすう》しながら、私はトイレの鏡を覗《のぞ》き込む。少し乱れていた髪を解いて結び直し、ブラウスの襟《えり》の形を整えた。

自分を励ますように、にっこりと笑う。少し吊《つ》り目の勝気そうな女が、作り笑いで私を見返していた。

「よしっ。今日もがんばろう！」

周りに誰もいないのをいいことに、グッと拳《こぶし》を突き上げる。そのまま勢いをつけて踵《きびす》を返し、最後にスカートのポケットに入れていた名刺入れを取り出した。

きちんと中身が入っていることを確認する。ここで働き始めて間もない頃、名刺を補充し忘れて大変な目に遭った。

幸い、お相手の方は笑って許してくださったけど、もの凄《すご》く失礼なことだし、恥ずかしいし……もう二度と同じ失敗はしないと心に誓ったのだ。

「もうすぐ二年かあ……」

無意識に心の声が口からこぼれる。

覗き込んだ名刺入れの中には「株式会社加納《かのう》製作所　社長秘書　加納唯香《ゆいか》」と印刷された紙片があった。


加納製作所はもともと私のお祖父《じい》ちゃんが始めた町工場だった。手作業でなくては作れないような、精密機器の設計と製作を行っていた。

そこを継いだお父さんが作業の合理化と、規模拡大を進めて、今では地方営業所を三ヶ所置くくらいの中堅企業になっている。それほど有名ではないけど、確かな技術を持つ知る人ぞ知る精密機器メーカー……という感じだ。

私はそんな会社経営をしている家の長女として生まれた。

いわゆるセレブみたいな生活をしていたわけじゃないけど、特別お金に困ることもなく、両親と自分と弟の四人家族で、まあまあ幸せに生きてきた。

家業は将来的に長男である弟が継ぐはずだし、私は大学を卒業したあとお父さんの仕事を手伝いつつ、相応な人と結婚して、無難な人生を歩むんだろうと、ぼんやり考えていた……のだけど……。

平穏だった頃の思い出に浸《ひた》りながら廊下を歩き、社長室のドアをノックする。中から間延びした返事が聞こえたのを確認してから、ドアを開けた。

「失礼します。おはようございます、社長。今日の予定につ」

「唯香ちゃーんっ」

出社の挨拶を言い終えないうちに、薄ぼんやりした叫び声に遮《さえぎ》られる。

この部屋の主である社長が慌てふためいているのはよくあることだけど、ちょっとだけうんざりして、自分のこめかみを指で押さえた。

「何かありましたか？　それといつも言っていますけど、仕事中は苗字《みょうじ》で呼んでください」

「ええ？　どうして自分の娘を名前で呼んじゃいけないの？　それに同じ苗字なんだから、変な感じがしちゃうじゃない」

現社長もとい、お母さんは、胸の前で両手を重ねて、不満げに唇を尖《とが》らせている。もうすぐ五十歳になるというのに仕草がいちいち乙女チックで、見ているほうが居たたまれない。

私は長い溜息《ためいき》を吐いて、首を横に振った。

「たとえ家族でも職場ではきちんとしてほしいと説明しましたよね？　他の社員や、取引先の方が見ておられますし、そこはわきまえてください。あと、もう二年になるんですから、いい加減に慣れてください」

いつまで経《た》っても社長の自覚がなく、ふわふわしているお母さんに対してイラッとしてしまう。思わず嫌みっぽい言葉をぶつけると、お母さんはキュッと眉根を寄せてうつむいた。

「そういえば、そうね。もう二年になるのね……」

あっ……。

つい言いすぎたと気づいて、口をつぐむ。

今から二年前、私たち家族にひどい不幸が襲いかかった。

――この会社を経営していたお父さんが、突然亡くなったのだ。


二年前の冬。仕事が忙しい時期を乗り越え、久しぶりに休むことができたお父さんは、一人で散歩にいくと言って家を出た。そして、向かった先の神社で階段を踏み外し、転落してしまった。近くにいた人がすぐに助けようとしてくれたけど、倒れた時の打ちどころが悪く、救急車が到着した時にはもう手の施しようがなかったそうだ。

急に大切な家族を失った私たちは、悲しいと思う感覚が麻痺《まひ》するほどの衝撃を受け、社長が不在となった会社は存続の危機に立たされた。

そもそも加納製作所はお祖父ちゃんが社長をやっていた頃からワンマン経営っぽいところがあって、お父さんの代になっても、それは変わっていなかった。

一応、取締役になっている幹部社員はそれなりにいるけど「リーダーシップ」とか「野心」とかとは無縁な感じの物静かな人ばかりで、誰も社長になりたがらない。次代の社長になる予定だった弟は、当時、高校二年生。私だって間近に卒業を控えていたとはいえ、まだ大学生だった。

……結果、困り果てた私たちは、弟が社長職を務められるようになるまでの数年、お母さんを代理にするという案で手を打った。

お母さんもかなりぼんやりした人だけど、今までお父さんと一緒に取引先の人と会うことがあったし、実家がこの辺では割と有名な呉服屋だったおかげで顔馴染《なじ》みが多い。まあ、お嬢様育ちゆえの天真爛漫《てんしんらんまん》さでうっかり失礼なことを言う時があるから、社長秘書という名のお目付け役である私が常に見張っていなきゃいけないんだけど……。

取引先との会合などはお母さんに任せて、実務は私と取締役の幹部社員たちでこなす。そういう方向で社内の新体制を纏《まと》めたところで、今度はお父さんが莫大《ばくだい》な借金をかかえていたことが発覚した。

今となっては何があったのか知りようがないけど、お父さんは生前、知人の借金の保証人になっていたらしい。その相手がお金を返さないまま蒸発してしまったため、代わりにお父さんが少しずつ返していたという。

その額、なんと三億円。

事実を知らされた時、お母さんは金額の大きさにただぽかんとしていて、私と弟は貧血を起こして倒れそうになった。

家と土地、家財の一切合切を売り払ったって足りない。会社経営をしているといっても、我が家はポンと三億出せるようなレベルではないのだ。

……会社を丸ごとどこかに売却してお金を作るか、今以上に収益を上げて返済するか……選択を迫られた私たちは、このままできるところまでがんばってみようと決めた。


そこからは本当に死にもの狂いだった。

ちょっと夢見がちで何かを一生懸命やるということが苦手なお母さんを、なだめたりすかしたりして仕事をさせつつ、私は私で経営の勉強をする。

実務に関しては、ほとんどの部分を幹部社員に任せておけるけど、いつまでもそのままじゃだめだ。

もっと収益を上げるには、無駄をなくす努力と同時に、会社の規模を広げる必要がある。社員さんに負担を押しつけない健全な経営を維持しながら、目的を達成するためには、私が寝る間を惜しんでがんばるしかなかった。

……でも、まだまだ道半ばなんだよねえ。

心の中で愚痴をこぼし、小さく溜息を吐く。

幸い、会社の経営状態は前と変わらず安定していて、少しずつだけど借金の返済もできている。だけど、借りている額が大きすぎるせいで、ほとんどが利息分として取られてしまい、元金はあまり減っていないという有様だった。

大学を出たばかりの何も知らない女が、たかだか二年がんばったところで、できることは知れている。最初からそううまくいかないだろうと覚悟はしていたけど、現状維持から抜け出せていない事実が、背中に重く圧《の》しかかっていた。

もう一度、息を吐いて、首を大きく横に振る。落ち込みそうになった気持ちを強引に奮い立たせ、顔を上げた。

「社長、沈んでいる場合じゃありません。今日もがんばりましょう！」

わざとらしく声を張り上げて、業務予定が書き込まれている手帳を開く。改めて今日のタイムスケジュールを告げようとしたところで、お母さんが「あっ！」と声を上げた。

「それ！　それなのよ、唯香ちゃん。今日の夜なんだけど、実は別の予定が入っちゃって」

「はい？」

何を言われたのかわからずに、ぽかんとする。

お母さんは、首をかしげた私に目を合わせて、パチッと片目を瞑《つぶ》ってみせた。

「昔からのお知り合いに、どうしても今夜会いたいって言われてね。向こうもお忙しい方だから、今日じゃないとだめみたいで。せっかく唯香ちゃんが予定を組んでくれたのに、ごめんなさいね？」

顔の前で手を合わせたお母さんは、ちっとも悪いと思ってないふうに謝ってくる。

寝耳に水の話を聞かされ、少しの間ぼんやりしていたけど、今夜の予定を思い出して飛び上がった。

「な、何を言っているんですか。だめですよっ！　今日はお得意様との会食があるって、前から伝えていたでしょう⁉」

慌ててブルブルと頭を振る。

今更キャンセルなんて冗談じゃないと態度に表したけど、お母さんはのんびりした調子で微《ほほ》笑《え》んだ。

「大丈夫、大丈夫。そちらは私が変更をお願いしておくから」

「そんなっ」

「今夜、会いたいと言ってきたのはね、小早川興産《こばやかわこうさん》の社長さんなのよー。といっても、プライベートなお話で、お仕事とは関係ないんだけど」

「え……？」

いくらなんでも非常識すぎる、と続けようとしたのに、また予想外な名前を告げられて、私は息を呑《の》む。

小早川興産株式会社は、うちの会社とは比べものにならないくらいの大企業だ。戦前に始めた化石燃料の採掘と売買から事業を広げ、今ではエネルギー産業全般に関わるグローバル企業となっている……と、この前読んだ経営学の本に、優良企業の一例として載っていた。つまり、それほど有名だということ。

しかし、お母さんがそんな大物と知り合いだなんて初耳だ。

小早川グループの末端といってもいいくらいの、小さな関連企業となら取引をしたことがあるけど、本社なんて電話をしたことさえないのに……。

一体いつどこで知り合ったのか、どういう関係なのか、わからないことだらけで茫然《ぼうぜん》としてしまう。

思いがけない展開に何も言えない私の前で、お母さんは「今日もお仕事がんばらなくっちゃねー」と言いながら、いつも通りのほほんと笑っていた。

ご無沙汰していたという小早川興産の社長さんとの席は、お母さんいわく「ちょっとだけかしこまった感じ」らしく、同席するように言われた私も、よそいきの格好に着替えさせられた。

シンプルなベージュのワンピースに、レースのショールを合わせたスタイルは、どんなシーンでも使える私のお気に入りだ。

お母さんは「もっと可愛《かわい》らしい服のほうがいい」と不満そうだったけど、最低限必要なものだけを残して売ってしまったから、諦めてもらうしかない。

約束の場所は、有名レストランガイドにも載っている高級フレンチのお店だった。

弟が運転する車で、お店まで送ってもらったお母さんと私は、洗練された内装の店内を眺めて、こっそりと溜息を吐いた。

どこもかしこも美しくて、莫大な借金をかかえた私たちには、場違いとしか言いようがない。

お母さんはただ見惚《みと》れているだけのようだけど、私はなんとなく居心地が悪くて身を縮めた。

お母さんがお店の人に小早川さんと約束していることを告げると、一番奥の個室へと案内された。

今の職に就いてからというもの、誰と会っても緊張なんてしている暇がなかったけど、大企業の社長さんが相手ではさすがにドキドキする。

ぎくしゃくと会釈をして個室に入るなり、男性の明るい声が響いた。

「やあやあ、加納さん。随分と久しぶりですね。相変わらずお綺麗《きれい》で驚きましたよ！」

外国人ばりの大げさなお世辞を向けられたお母さんは、口元に手を当てて、まんざらでもなさそうに微笑む。

「あら、まあ、お恥ずかしい。小早川さん、ご無沙汰しております」

おじぎをしたお母さんに合わせて、頭を下げる。失礼がないよう腰を曲げる角度を意識してから顔を上げると、六十代くらいの精悍《せいかん》な男性が席から立ち上がり、にこにこしていた。

……この方が小早川興産の社長さん……。

雲の上のような人を前にして、少しだけぼんやりしてしまう。

やっぱり大企業の社長を務めている人にはカリスマ性というものがあるのか、見ているだけで引き込まれるような気がした。

小早川さんの隣には、同じように若い男性が立っている。

歳は私より少し上だろうか。細身でかなり背が高い。かっちりとした濃紺のスーツがよく似合っていて、凄く整った顔をしているけど、シャープな眼鏡と無表情のせいで神経質そうに見えた。

誰かな……小早川さんの秘書？

しっかりしてそうなところは秘書っぽいけど、愛想の欠片《かけら》もないのが気になる。それに、この席は私的なもので、仕事は関係ないはずだ。

不思議に思って目を向けると、男性はなんの感情もないまなざしで私を見返した。

初対面の人に対して失礼だけど、なんだかロボットみたい。スタイルがよくて小綺麗な顔をしているところも、人間離れしているように思えてくる。

無言で見つめ合う私と男性に気づいたのか、小早川さんが男性の肩をがしっと強く掴《つか》んだ。

「これは私の不肖の倅《せがれ》でして」

息子だという男性は、小早川さんのちょっと荒っぽい紹介に眉をひそめたあと、音もなくスッと一礼した。

「小早川興産株式会社、常務取締役の小早川健《たける》と申します」

ここがプライベートな場だとはとても思えない、ビジネスライクな挨拶。反射的に私も頭を下げた。

「株式会社加納製作所、社長秘書をしております、加納唯香と申します！」

慌てて自己紹介を済ませ、ハンドバッグから名刺を取り出そうとしたところで、お母さんに止められた。

「もう、唯香ちゃんたら。今日はお仕事じゃないのよ？」

「あ……すみません」

息子さんにつられたとはいえ、恥ずかしい。居たたまれなくて目線を下げると、小早川さんが快活に笑った。

「いや、いや。唯香さんは悪くない。問題なのはうちの愚息《ぐそく》ですよ。真面目と言えば聞こえはいいが、この通りの朴念仁《ぼくねんじん》で、面白みというものがなくて困っているんです」

「まあ、そんなことをおっしゃって。息子さんが真面目なのは結構なことですわ」

小早川さんのフォローに、お母さんがあいづちを打つ。二人のなごやかな会話を聞きながら、私は妙な違和感を覚えた。

どちらともなんとなく芝居がかっているというか……あらかじめ決められた台詞をしゃべっ

ているように感じるのは気のせい？

……それに、そもそも今回の目的を聞いていない。しばらく疎遠になっていたらしい小早川さんとお母さんは、どういういきさつで再会を決めたのだろう。

天真爛漫でちょっと抜けてるお母さんが、私に付き添いを頼んでくるのはいつものことだけど、小早川さんに健さんがついてきたのはどうして？

わからないことだらけで不安になりつつ、お母さんへ視線を向ける。次に小早川さんを見て、最後に健さんと目を合わせた。

すぐ横で、お母さんと小早川さんの茶番めいたやりとりが続いていたけど、健さんはまったく聞こえていないかのように無表情のままだった。


目的不明な会合は、高級フレンチを楽しみながら歓談するという、なごやかな雰囲気の中で進んでいく。

……といっても、実際に盛り上がっているのはお母さんと小早川さんだけで、私は愛想笑いを浮かべて、黙々と料理を口に運んでいる。私の真正面に座っている健さんに至っては、呼吸とまばたきと食事ができる置物と化していた。

緊張は解けたけど、居心地の悪さはどんどん増していく。

食後のコーヒーが運ばれてきたところで思わず溜息を吐くと、それを目ざとく見つけた小早川さんがすまなそうに眉尻を下げた。

「唯香ちゃん、ちょっと疲れていないかな？　無理に呼び立てて、こんなおじさんに付き合わせて、申し訳ない」

「えっ、いいえ。大丈夫ですっ」

ストレスを感じているのは事実だけど、認めるわけにはいかない。私は両方の手のひらを小早川さんに向けて、ブンブンと横に振った。

私の否定をまるで信じていないふうに受け流した小早川さんは、困り顔で目をそらす。

もう一度「本当に平気」だと言うために口を開きかけたところで、突然お母さんがすっとんきょうな声を上げた。

「ああーそういえば、ここのお店は確か素敵な中庭があったはずだわぁ。唯香ちゃん、そこで少し外の空気でも吸っていらっしゃいな。ライトアップされていて、きっと綺麗よ」

わけがわからずにお母さんを見つめる。

なんで急に中庭の散策を勧められているの？　しかも妙にわざとらしいし……。

「……ちょっと、お母さん？　何言って」

「おお、それはいい！　私たちの昔話だけではつまらないだろうしね」

どういうことか確かめようとした私の声は、小早川さんの楽しげな声に掻《か》き消される。すかさず声をかけてきたところから考えて、お母さんと小早川さんは示し合わせて、私をこの場から遠ざけようとしているらしい。

本当に意味不明だ。けど、ここでごねるわけにもいかず、私はうなずいて立ち上がった。

「では、お言葉に甘えて、お庭を見せていただきますね」

お母さんだけを残していくのは、少し気になるけど仕方ない。

失礼がないように微笑みながら会釈をして個室を出ようとすると、小早川さんが「健も行ってきなさい」と命じているのが聞こえた。

内心でギョッとして、とっさに振り向く。不満を言える立場じゃないけど、感情が見えない彼と二人きりになるのは、ここにいるより疲れそうだ。

拒否してほしい、という願いを込めて健さんを見つめる。しかし、生けるロボットな彼は父親の言葉に背くことなく、素直に立ち上がった。


気まずい……ものすっごく気まずい……っ！

美しくライトアップされたレストランの中庭を、私と健さんは並んでとぼとぼ歩いている。

ガーデンウエディングができるように設《しつら》えてあるのか、思ったより広い中庭は、夜の空気も相まってちょっと神秘的だ。気兼ねしない相手と一緒だったら、ロマンチストでない私だって景色にうっとりしていただろう。

そんな素敵な空間にいるというのに、なんだか息苦しい……。

あまりの居たたまれなさに引き攣《つ》る顔を、うつむいて隠す。無言で歩き続けるだけの時間は、苦痛以外の何ものでもなかった。

「あの……あなたのお父様とうちの母は、なんの話をしているんでしょうね？　私たちにも聞かせられないなんて、よほど重要なことなのかしら……」

ぎくしゃくした空気にいよいよ耐えられなくなった私は、健さんに向かって恐る恐る話しかけてみた。

最初から、楽しく会話したいとか、仲良くなりたいとかを望んではいないけど、無反応だったら更に気まずくなってしまう。おかしな緊張感に苛《さいな》まれながら彼を横目で確認すると、きちんと聞こえてはいたらしく、立ち止まって私を見返してきた。

「きみは何も聞かされていなかったのか？　それにしても、随分と鈍《にぶ》いんだな」

間近で聞いた健さんの声は、高くも低くもない心地いい感じで、ちょっとドキッとする。でも、内容はよくわからない。あと、少し失礼だ。

何度かまばたきをして首をかしげると、相変わらずの無表情でフッと溜息を返された。

「まあ重要と言えば重要だが……状況を見ればおのずとわかるだろう？　これは縁談だ」

「えん、だん……？　えっ、嘘《うそ》！　縁談!?　お母さん再婚するのっ？」

意外すぎる話に目を見開く。食事をしている間、とても楽しそうにしていたお母さんと小早川さんの姿が脳裏に浮かんだ。

確かに今のお母さんは独身だけど、まさか再婚を考えているとは思わなかった。

小早川さんはいい人そうだし、うちとは違って生活も安定しているはずだし、お母さんにとってはいい話なんだろう。でも急すぎて、どう反応したらいいのかわからない。

ただただ驚いてオロオロしていると、健さんが剣呑《けんのん》なまなざしを向けてきた。表情は変わらないけど、なんとなく機嫌が悪そうに見える。

「きみは鈍感なだけでなく、少し愚かなんだな。色々と想像するのは勝手だが、俺の父は既婚者で離婚をする予定もない。つまり、きみの母親と再婚するのは不可能だ。日本の民法で一夫多妻制が認められていないのは知っているだろう」

「なっ……！」

さっき初めて会った人にはっきりとバカにされて、頭に血が上りかける。けど、相手はお母さんの知人の息子で、大企業の重役だったと思い出し、ぐっと堪《こら》えた。

「……じゃあ、縁談ってどういうことですか？」

「結婚するのは親じゃない」

「え？」

「これは俺ときみの縁談だ」

……は？

一瞬、何を言われたのか理解できずに、ぽかんと口を開ける。

彼が言う「俺」というのは健さんのことだ。そして「きみ」は、当然ながら私のことで……。

「ええええぇーっ⁉」

内容を把握した瞬間、叫びを上げていた。

私と健さんが結婚？　いやいや、無理でしょ！　いくらイケメンでも、こんなロボットと変わりない人と、愛ある結婚生活なんてできるわけないしっ。

心の中で素直な気持ちを吐き捨てる。

信じられない思いで健さんを凝視すると、彼はほんの少し首を傾けた。

「なぜ驚く？　二十六歳の男と、二十四歳の女なら年齢的には問題ないだろう。我が家はきみも知っている通り、規模が大きな会社を経営している。業種も多岐にわたり、時間のほとんどを仕事に費やしている状態だ。ゆえに家族と過ごせる時間が少ない。経営というものを理解していない女を妻にして、あとから揉《も》めるのは困る。だが、逆に同規模の企業経営をしている家の娘では、我が社のやり方に横から口を出されるかもしれない。結婚は縁を繋《つな》ぐ代わりに、同じだけのしがらみが生まれるからな。……その点、きみはいい。社長秘書業をしていて経営をわかっているし、きみの家は我が社への発言権を望めるような規模でもないだろう？」

健さんの口から次々と出てくる失敬な言葉の数々にぐっと歯噛《はが》みする。本人はこれで褒《ほ》めているつもりなのかもしれないが、不愉快極まりなかった。

「……会社にとって都合がいい立場の女ならば、誰でもいいの？」

腹立たしくて、声が震えてしまう。もう丁寧な言葉を使う気も起きない。

健さんは私の問いかけに、ゆっくりと頭《かぶり》を振った。

「いや。並以上の容姿で、臨機応変に行動できる賢さ、そして身体的、精神的にも健康な女でないとだめだ。可能なら子供は三人以上欲しい」

「こ、子供……」

急に生々しい話をされ、怯《ひる》んでしまう。

見た目だけじゃなく性格にも人間性がない目の前の男と結婚して、セックスして、子供を産むの？　……想像しようとしても全然思い浮かばないし、こんな男と一生生活を共にするなんて冗談じゃない。それに、私にだって相手を選ぶ権利くらいあるはずだ。

きっぱりと断るつもりで、健さんを睨《にら》む。息を吸い込み、思いを声にしようとしたところで、彼が辺りを窺《うかが》うようにサッと瞳だけを動かした。

素敵なお庭だけど、夜だからか私たちの他に人はいない。一歩、私に近づいた健さんは、囁《ささや》くように話しかけてきた。

「先に俺の事情を説明したが、きみにとっても悪くない話のはずだ。結婚を機に我が社からのバックアップが得られれば、加納製作所の事業は安定して拡大できるだろう。もし、きみが結婚後も仕事をしたいと言うなら続けて構わないし、自宅で悠々自適に過ごしたいのならそうしていい」

健さんはそこで一度口を閉じて、小さく咳払《せきばら》いをした。

「……それに、きみの父親が遺《のこ》した負債についても、俺のほうで肩代わりすることが可能だ」

とっさにヒュッと息を呑む。

どうして、うちが莫大な借金をかかえていることを健さんが知っているの⁉　家族だけの秘密だったのに。

「なっ……なんで、それを……まさか、お母さんが？」

我が家の借金のことは、できるだけ外に漏らさないようにしていた。信用していた人間に逃げられたなんて外聞が悪いし、会社を経営するうえでも問題になりかねないからだ。

スーッと血の気が引いて、自分でも蒼褪《あおざ》めているのがわかる。私の顔をじっと見つめていた健さんは、オロオロする私なんてどうでもよさそうに視線をそらした。

「きみの母親は俺が縁談を望んでいると知って、あらかじめ負債のことを教えてくれただけだ。あとでわかって破談になれば、きみが傷つくと考えてな。もちろん俺は誰にも言わないから、安心していい」

お母さん……。

健さんの説明で、お母さんの気遣いと愛情を知り、深い感謝の気持ちが湧き上がる。けど次の瞬間、彼との結婚なんて望んでいないのを思い出した。

「いや、えと、あの……ありがたい話だとは思うんだけど……いきなり結婚っていうのはちょっと」

　こういう時にどう断ればいいのかわからなくて、遠回しに拒否する。と、健さんは更に一歩、私に近づいてきた。

「何が『ちょっと』なのかわからないが、断っているつもりなのか？」

　核心をつく質問にギクッと身体がこわばる。普通に怒っている顔よりも、無表情のほうが怖い。

「そ、それは、そうでしょう。さっき初めて会って、いきなり結婚の話をするなんて」

「縁談とはそういうものだ」

　しどろもどろで、ありえないことだと言ってみたけど、間髪を容《い》れずに反論される。

　きっと「ぐうの音も出ない」とはこういう時に使う言葉なんだろう。眉根を寄せて口をつぐむと、健さんが私の顔を覗き込んできた。

「現実的に考えて、きみには選択肢がない。加納製作所の経営は安定しているようだが、今の景気動向では、きみたち家族が必死に努力したとしても、これ以上の発展は難しいだろう。かといって別分野の新規事業に打って出るのは勝算が低い。つまり、このままではきみの家の負債はいつまでもなくならないということだ。会社自体を売却するか……俺と結婚しない限りはな」

　畳み掛けるように現実を告げられ、きつく唇を噛んでうつむく。彼が言うことは間違いのない事実で、跳ねのけられないことが悔しくてたまらない。

一生懸命がんばっても無駄なあがきにしかならないことは、薄々気づいていた。だけど諦めきれなくて……お祖父ちゃんとお父さんの会社を手放したくなくて……。

そっと健さんの手が私の頬《ほお》に添えられる。促されるようにして顔を上げると、彼は相変わらず何を考えているのかわからない表情で私を見下ろしていた。

触れられたことに対して、不思議と嫌悪は感じない。

私は彼と目を合わせながら、見た目はロボットみたいなのに手は温かいんだな……と、どうでもいいことをぼんやり考えていた。

第二章

お母さんは小早川家との縁談について「いいお話だとは思うけど、唯香ちゃんの幸せが第一だから、好きに決めていいのよ」としか言わなかった。

加納製作所を今のまま残すためには、健さんと結婚するしかないとわかってる。でも、彼と円満な夫婦になれるとはとても思えない。

……私はたっぷり二週間悩み抜き、結婚を承諾した。小早川家が肩代わりしてくれるという借金については、一生かかっても少しずつ返済すると約束して。

そこからはとんとん拍子で話が進んだ。

私に縁談を断られるなんてまったく考えていなかったらしい健さんは、なんと顔合わせの食事会よりも先に、結婚式と披露宴の予約を済ませていた。

もしうまくいかなかったらどうするつもりだったのかと呆《あき》れたけど、三億の借金を肩代わりしてくれるくらいだから、キャンセル料金なんて痛くも痒《かゆ》くもないのだろう。

あらかじめ予約をしていたおかげで、承諾の連絡をするやいなや、親族、取引先、友人知人に結婚披露宴の招待状が発送され、続けて結納《ゆいのう》。結婚式の衣装合わせとマリッジリングのオーダーに、披露宴の段取り……と、休む間もなく準備をさせられ――三ヶ月後の今日、煌《きら》びやかに飾り立てられたホテルの大広間で、私はみんなからの祝福を受けていた。

薄《うつす》らと笑みを浮かべ、幸せな花嫁を演じる。

豪華なドレスは美しいけど重くて窮屈《きゅうくつ》だし、名前も知らない財界の大物からのお祝いと賛辞を受けるのは緊張してしまう。内心、すっかりくたびれて、隣に立つ健さんへ目を向けると、彼はやっぱり硬い表情のままで挨拶を交わしていた。

背が高くて細身の体型に、白のモーニングがよく似合っている。後ろに緩く流して纏めたヘアスタイルと、知的な眼鏡。見た目だけならパーフェクトだ。健さんのひととなりを知っている私でさえ、見惚《みと》れるくらいに。

真顔なのは花婿としてはいただけないけど、どことなく余裕を感じるのは、こういう華やかな場に慣れているからなんだろう。いまだに他人と変わりない自分の夫を見て、私はそっと息を吐いた。

この三ヶ月間、健さんに会ったのは両手の指で数えるくらいの回数だけだ。結納と、結婚の準備で何度か、あとは婚姻届を提出しにいった昨日と、結婚式当日の今日。しかも、その全部の場所に私たち以外の誰かがいた。

同じようにお見合い結婚をした知り合いが言うには、顔合わせのあとにデートへ出かけたり、二人で食事をしたりして関係を深めたらしいけど、健さんからそういうものに誘われることはなかった。彼のあまりの無関心ぶりに不安を覚えて、私のほうから一度誘ってみたこともあるけど「仕事が忙しい」と、にべもなく断られ今に至る。

……私たち、本当に結婚したのかな？

ちゃんと婚姻届を提出して受理されたのだから、書類上の名前はもう小早川唯香に変わっている。でも、まったく現実味が伴っていなかった。

小早川家がつけてくれたウエディングコーディネーターさんに言われるまま結婚式と披露宴を終えて、新居であるマンションに着いたのは、もう夜中と言ってもいいくらいの時間だった。小早川グループ全体を巻き込んだ披露宴は、私の想像を遥《はる》かに超える規模で、一日中、来賓《らいひん》の方々に会釈をして、祝辞に対するお礼を返し続けた。

「うう、顔が痛い……」

ほとんど初めて入った新居のリビングで、私は独り言をこぼして両頬を押さえた。今まで意識したことがなかったけど、微笑《ほほえ》むというのはかなり顔の筋肉を使うものらしい。

こわばった頬をぐりぐりと解《ほぐ》しながら、室内を見渡す。

モデルルームのような洗練された家具が並ぶ、広いＬＤＫ。雑誌とかで眺めるなら素直に「素敵！」と言えるんだろうけど、実際にはなんだか温かみがなくて他人の家のように感じた。

このマンションも小早川家で用意してくれたものだ。

新婚のうちは二人だけで暮らしたいだろうという、健さんの両親の気遣いで、新築マンションの最上階の部屋が与えられた。内装もすべて専門の業者さんがやってくれて、私は身体一つで嫁いできたという有様だった。

借金まみれの加納家には何もできないから、至れり尽くせりにしてくれた小早川家には本当に感謝している。けど、新居に入ってなお、結婚が自分のことだと実感できていなかった。

私は部屋の真ん中にある大きな革張りのソファに座り、少しの間ぼんやりする。疲労からくる眠気で小さくあくびをしていると、廊下に繋がるドアが開けられ、健さんが入ってきた。

彼は疲れた様子もなく、きびきびと動いている。異常にタフなところも、ちょっとロボットみたい。

キッチンで水を飲んだ健さんは、まっすぐに私のほうへと向かってきた。

思わずキュッと身を縮める。彼と一緒に暮らさなければいけないことを忘れていたわけじゃないけど、あえて意識しないようにしていた。……今夜が新婚初夜だという事実も。

勝手に心臓が高鳴り、手のひらに汗が滲《にじ》んだ。

過去に多少の男性経験はあるものの、さすがに好きでもなんでもない相手とセックスをしたことなんてない。最初に説明された通り、健さんの子供を産む覚悟を持って結婚を承諾したのだけど、実際にきちんとできるのか不安で仕方なかった。

健さんは私の真正面に立ち、感情のないまなざしを向けてくる。見下ろされているせいでなんだか威圧的に思えて、ますます落ち着かなくなった。

「……今日はご苦労だった。慣れないことできみも疲れただろう。俺は明日の仕事があるから先にシャワーを浴びて休むが、きみは好きにしてくれて構わない」

「え……、明日、仕事？」

というか、もう寝ちゃうの？　一応、初夜なのに？

健さんの口から飛び出した意外な言葉に目を瞠《みは》る。別に彼と抱き合いたいわけじゃないけど、まさか何もせずに寝るとは思わなかった。

私に質問を向けられた健さんは、さも当然のようにうなずく。

「ああ。この三ヶ月間、結婚の準備に時間を取られたおかげで仕事に影響が出ている。しばらくは忙しいから、不在がちになるだろう。当然ながら新婚旅行も無理だ。あらかじめ伝えておくが、ここにあるものはなんでも好きに使って構わない。きみの生活を邪魔するつもりはないし、俺に気兼ねする必要もない。足りないものは通いの家政婦に言いつけてくれ」

え？　えっ⁉

一方的に事務的な連絡を告げたあと、健さんは私が驚いていることに気づかないまま、「では、おやすみ」と言い置いてリビングを出ていった。さっき自分で言っていたように、シャワーを浴びにいったのだろう。

一人でリビングに残された私は茫然として、彼の背中を見送った。

……なんなの、一体？　健さんはどういうつもりなんだろう……本当にセックスしなくてもいいの？

拍子抜けするのに合わせて、身体の力も抜ける。ソファの上でごろんと倒れ込んだ私は、盛大に溜息を吐いた。

初夜が先延ばしになったことは、正直に言ってありがたい。でも、予想外な展開に対する混乱と……なぜかほんの少しの落胆も感じていた。


月末の金曜の夜。少し早めに仕事を切り上げ、帰宅することができた私は、まずシャワーを浴びて一日の汚れと疲れを落とし、夕飯代わりに簡単なおつまみを作った。

お気に入りのワインをボトルごとテーブルに出して、スマホをスピーカーフォンの設定にする。片手でワインをグラスに注ぎながら、今夜は家で暇を持てあましているという女友達に電話をかけた。

飲食中に電話をするのは、マナー的にはどう考えてもアウトだ。けど、どうせここには私の他に誰もいないのだから、見咎《みとが》められることもない。

すぐに電話に出てくれた友達は、私と同じように家呑みをしているようで、『唯香、お疲れ！』とご機嫌な声を上げた。

私も軽く挨拶を返して、ワインを口に含む。南米から輸入されたというワインは、フルーティで呑みやすくて、何より安価なのがいい。

夫である健さんからは生活費の代わりにクレジットカードを渡されている。しかし何もかも頼るのは気が引けて一度も使っていない。

結婚後も秘書の仕事を続けているし、借金の返済もしているけど、少し手元に残るくらいの収入はあるから、自分のことは自分でやりくりできていた。

とりとめもない世間話を続けながら、二杯、三杯、とグラスを傾ける。だいぶ酔ってクラクラしてきたところで、友達が不思議そうに問いかけてきた。

『唯香さあ、結婚したのはまあいいとして、そこで一緒に暮らす意味あるの？　旦那さん、いつもいないみたいだけど』

鋭い指摘をされ、ぐっと言葉に詰まる。

「……いや、毎日帰ってはきてるよ、一応」

『でも、すっごい夜遅くでしょ？　それで朝からまた仕事へいくなら、一緒にいる時間なんてないじゃない』

「うん、まあ、そうだけど……」

本当は「そんなことない」とごまかしたほうがいいのかもしれない。だけど、仲のいい友達に嘘はつきたくない。

スピード結婚といってもいいくらいの勢いで健さんの妻になり、もうすぐ一ヶ月。彼は寝るためだけに家へ帰ってくるという生活を途切れなく続けていた。

私の返事を聞いた友達は、電話の向こうで『信じられない！』と叫ぶ。

『いくらお見合い結婚だからって、新婚でそんな生活ありえないよ！　私だったら絶対に耐えられない！　ラブラブもイチャイチャもできないなんて』

私と違って情熱的な彼女はそう言って憤慨しているけど「ラブラブ」とか「イチャイチャ」とか、健さんがするとはとても思えない。もし実際にされたら、笑ってしまう気がする。

想像しただけでも噴き出しそうになり、私は慌てて口元を押さえた。

「んー……そういうのは最初から期待してなかったし、別にいいんだけどね」

『だめでしょ！　そんなこと言ってたら、子供もできないよ!?　……って、まさかもうセックスレスとか言うんじゃないでしょうね？』

友達から向けられた生々しい質問に、ビクッと肩が震える。

新婚初夜に肩透かしを食らってからというもの、いつその時がくるのかと毎日ハラハラしていたけど、結局何も起きないまま一月《ひとつき》が過ぎようとしていた。

アルコールでぼんやりしている頭では、気の利いた返事なんてできない。つい黙り込むと、友達が急に焦《あせ》りだした。

『え……ほんとに？　嘘でしょ？　新婚さんって、隙あらばエッチなことをするもんじゃないの?』

「それは知らないけど」

一般的な新婚夫婦がどのくらいの頻度で抱き合っているかはわからないけど、私と健さんが健全な状態じゃないのは確かだ。

子供は三人以上欲しいって言ってたのに、このままじゃ一人だって難しい。

健さんのお堅い顔を思い浮かべ、赤ちゃんはコウノトリが運んでくるものと本気で信じていたらどうしよう……と少し心配になったところで、友達が吼《ほ》えた。

『唯香、もうこっちから襲っちゃいなよ! 草食系だかなんだか知らないけど、きてくれるのを待っていたら、あっという間に子供を産めない歳になるよ⁉』

「ええっ‼」

酔っ払いゆえの過激な発言に目を剥《む》く。とっさに大きく首を左右に振って「無理だよ」と拒否したけど、興奮している友達は止まらない。

『適当なこと言ってお酒呑ませて、寝たところを縛ってヤッちゃえば? もしかしたら嫌がられるかもだけど、一ヶ月も妻を放っておいて寂しい思いをさせたんだから、ちょっとは驚かせて反省を促したらいいのよ』

友達は加納家に借金があることも、それを小早川家に肩代わりしてもらったことも知らない。

当然、私たちがお互いの条件だけで結婚を決めたことも。

私は、苛立《いらだ》ちが収まらないらしい彼女をなだめるようにあいづちを打ちながら、純粋に心配してくれる友人の存在に感謝した。そして、真実を伝えられないことを心の中で謝った。

たとえ電話で繋がっているだけだとしても、気心の知れた友達と会話をするのは楽しいし、安心できる。弾《はず》む会話につられるようにして、つい呑みすぎてしまった。

ちょっとふらつく身体をなんとか動かして食器を片づけ、壁に掛けてある時計へと目を向ける。もう日付が変わったというのに、健さんはまだ帰ってきていなかった。

いつも帰宅は夜遅いけど、今日は特にひどい。ほんの少しだけ心配になって、電話をかけてみようか考えていると、おもむろに玄関のドアが開く音がした。

くよくよと悩んでいた間に少し酔いが醒《さ》めたらしく、もう身体はふらつかない。そっとリビングのドアを開けて玄関のほうを窺えば、廊下の床材と三和土《たたき》の境目に、黒い影がしゃがみ込んでいた。

「健さん⁉」

初めて見る光景に飛び上がって近寄る。慌てて健さんの肩に手を乗せると、くっきりと眉間に皺《しわ》を寄せた彼が、私を見上げてきた。

いつもの無表情じゃないことに驚く。それと同時に、甘いお酒の香りがふわりと鼻をかすめた。

一瞬、自分から匂っているのかと思ったけど、ワインの香りとは違う。

「あの、大丈夫？　お酒、呑んだの？」

つらそうな健さんには悪いけど、初めて彼の人間らしいところを見た気がしてドキドキする。

おかしな興奮にとまどいながら問いかけると、健さんは視線をそらして浅くうなずいた。

「ああ。悪いが、手を貸してくれ。少し横になって休みたい」

「う、うん。わかった」

健さんが弱っているのも、何かを頼まれたのも初めてで、ますます落ち着かなくなる。私はブンブンと首を縦に振って、彼の腕を肩にかけた。

……こんなに密着したのも初めてかも。

二人で支え合うようにして立ち上がる。よろよろしながら寝室のベッドまでいきつくと、健さんは倒れ込むようにして仰向《あおむ》けになった。

移動するだけで疲れたのか、彼は大きく息を吐く。

見たところ顔色は悪くないし、呼吸が乱れているわけでもないから、病院にいくほどじゃないだろう。でも、何もしなくていいのか気になってしまう。

「本当に寝てるだけで平気？」

「……大丈夫だ。迷惑をかけてすまない。きみももう休んでくれ」

そう言われても、彼をこのまま放置するのは心配だ。

「お水とか、持ってこようか？　酔っている時は水分補給したほうがいいんだよね」

ほとんど独り言と変わらない質問をして、答えを待たずに踵を返す。ミネラルウォーターを取りにキッチンへいこうと一歩踏み出したところで、パジャマの袖をぐんっと引っ張られた。

驚いて健さんのほうに向き直ると、彼の手が私のパジャマを握り締めている。

「健さん？」

どうしたのかわからなくて声をかけたけど、彼は目を瞑ったまま答えない。なんとなく「いかないで」と言われたような気がして、私は彼のベッドの傍《かたわ》らに座り込んだ。

健さんの横顔をじっと見つめた。一緒にいることが少ないせいで忘れかけていたけど、本当に整った顔をしている。彼がちょっと人間離れして見えるのは性格だけじゃなくて、この完璧な容姿のせいもあるんだろう。

そうしてただぼんやりと健さんを眺めていた私は、彼が小さく呻《うめ》いたことでハッと我に返った。

「どうしたの。大丈夫？」

「……暑い」

半分寝ているのか、健さんはぼそっと呟《つぶや》いて、自分の襟元に空いているほうの手を当てる。

そして、少し緩んでいるネクタイの結び目に指をかけ、無理やり引っ張り始めた。

「あ、だめ。そんなふうにしたら首が締まっちゃう。今取ってあげるから、待ってて」

私は、パジャマの袖を掴んでいた彼の手をちょっと強引に離して、自由になった両手でネクタイを抜き取った。続けてワイシャツのボタンをいくつか外してあげる。

首回りが楽になったおかげか、健さんは穏やかな表情でほうっと息を吐いた。

目は閉じたままだけど、いつもの真顔より何倍も素敵で、胸の鼓動がせわしなくなる。彼の顔をもっとちゃんと見てみたくて、勝手に眼鏡を外した。

うわ……やっぱり格好《かっこう》いい……。

心の中で驚きの声を上げて、口元を手で押さえる。

更に近くで、できれば真正面から見たい。私は抜き取ったネクタイを畳んでサイドテーブルに載せ、その横に眼鏡を置いた。

……健さんはたぶん寝ぼけてるし。傍で見てもバレないよね？

誰にともなく言いわけをしたあと、私は健さんの身体を跨《また》ぐようにして、ベッドに乗り上がる。膝立ちの体勢で彼の顔を覗き込んだ。

あー、うん。いい。顔だけなら凄く好みのタイプ。

しばらくそのまま見惚れていたけど、さすがに私の気配を察知したのか、健さんが薄く目を開けた。

「……唯香？」

少しかすれた声で名前を呼ばれた瞬間、ドクッと心臓が跳ねた。

おかしな焦《あせ》りを覚えて身を引く。ちょっと慌てていたせいか、ベッドが弾んでバランスを崩し、私は健さんの上に腰を下ろしてしまった。

「わっ」

「う……」

いきなり身体の上に乗られて苦しかったらしく、健さんはまた目を閉じて小さく呻く。

「あ、ご、ごめんなさい！」

反射的に謝り、退けようとしたところで、私のお尻に何か硬いものが触れた。

ん!?　何これ？

とっさにはその正体がわからなくて、下を覗き込む。見れば、ちょうどそこは健さんの足の付け根で――。

「きゃ……!!」

口から飛び出しそうになった悲鳴を、両手で押さえ込む。今、私のお尻の下にあるものが、健さんのアレだというのは間違いなかった。

かあっと顔が火照《ほて》り、変な汗が噴き出す。

それにしてもやけにゴツゴツしているし、かなり大きい気がする。まさかいつもこんなに硬くなっているとは思えないから、彼は現在進行形で性的に興奮しているのだろう。理由はわからないけど。

まるで健さんの興奮がうつったみたいに、私のドキドキも加速していく。興味本位で少しだけお尻を揺らすと、彼は眉根を寄せて密《ひそ》やかな吐息をこぼした。

……なんか、凄く艶《なま》めかしい。

普段、ロボット並みに無表情な健さんが、こんなふうになるとは思っていなかった。

胸の鼓動が更に激しくなり、醒めかけていた酔いが戻ってきたようにクラクラしてくる。さっき友達が『こっちから襲っちゃいなよ！』と言っていたのを思い出した。

もっと、見てみたいな……健さんが快感に溺れて乱れるところを。

今の彼ならきっと抵抗できない。友達の言葉の通りに自由を奪って、気持ちいいところを刺激したら、どうなるんだろう……？

頭のどこかで理性的な私が「だめだ」と叫んでいるけど、いけないことだと意識すればするほど、仄暗《ほのぐら》い興奮を感じてしまう。

私はそっと身を起こして、サイドテーブルに手を伸ばす。そこに置いてあったネクタイを取り、健さんの両手首に巻きつけた。

うっ血しないように緩く結んでから、腕を上げさせる。眠りかけている彼は、自身に起きていることにまったく気づいていないらしく、私のなすがままだった。

ワイシャツのボタンを全部外して、胸とお腹《なか》を露《あら》わにする。思ったよりも筋肉質な身体にまたドキドキした。

彼の素肌にそっと手を這《は》わせると、冷たかったのかピクッと震えた。

内心で「ごめんね」と謝ってから、ゆっくりと撫《な》で下ろす。少し汗ばんだ肌が妙に生々しくて、こくんと唾を呑み込んだ。

こんな変態っぽい行為に興奮しているなんて、自分でも信じられない。でも、やめられない。

女性とは違う、平たい胸を何度も撫でているうちに、真ん中の突起がぷくりと起《た》ち上がった。

飾りでしかない彼の乳首は濃いピンク色に染まり、いじらしく存在を主張して震えている。

その姿が可哀想《かわいそう》なような、可愛いような気持ちになって、私はそっと唇を押し当てた。

女性ほどではないんだろうけど、男性の乳首もまあまあ敏感らしい。唇に挟んで軽く扱《しご》くように刺激すると、健さんは肌を粟立《あわだ》てて大きく身じろぎをした。

「ん……なん、だ……くすぐったい……」

まだ夢うつつなのか、言葉がたどたどしい。「気持ちいい」ではなく「くすぐったい」と言われたことに、なぜか負けたような気がして、私は舌で擦るように舐《な》め上げた。

繰り返し舐めて、時折吸いつく。口をつけていないほうの突起は指先で押し込むようにして捏《こ》ねた。

段々、健さんの息が浅くなってくる。呼吸の合間にかすかな喘《あえ》ぎも混じり始めた。

少しだけ調子に乗って軽く歯を当てた瞬間、彼が大きく仰《の》け反《ぞ》った。

「あうっ！　ぁ……ん、え……？」

急に声がはっきりしたものに変わる。恐る恐る顔を上げて健さんに目を向けると、彼は信じられないものを見たようにまばたきを繰り返していた。

しまった！　ちょっとやりすぎて目が覚めたようだ。

「きみ、一体何を」

「ふ、夫婦なんだから、いいでしょ。エッチなことしたって……っ」

混乱しているはずの彼の声を遮り、言いわけを口にする。

開き直る私の態度に、サッと眉根を寄せた健さんは、次の瞬間、自分の手が縛られていることに気づいてギョッとした。

「なんだこれは⁉」

「お、お仕置きよ。仕事が忙しいのはわかるけど、いくらなんでも一ヶ月も放っておくなんてありえない。ずっと独りにされて、寂しかったんだからっ」

実際には通いの家政婦さんがきてくれているし、昼に職場でお母さんにも会っているから、孤独だったわけじゃない。朝と晩に顔を見かけるだけの夫婦生活でいいのかと常に疑問は感じていたけど、別に寂しいとも思っていなかった。

でも「ちょっとムラムラして興味本位で襲ってみました」なんて言ったら、叱られるだけじゃ済まないだろう。私は自分の保身のために嘘をついて、わざとらしく拗《す》ねてみせた。

「……子供だって欲しいのに、一度もエッチなことしてない。赤ちゃんはコウノトリが運んでくるんじゃないんだからね⁉」

　私のせきららな主張に、健さんが怯む。

　酔い潰《つぶ》れて気づいたら縛られていたうえ、妻に襲われそうになっていた……なんて異常な状況のせいか、動揺が隠しきれないらしい。

「そ、それくらいわかっている。子供はお互いに落ち着いてからでいいと考えていただけで、別にきみとしたくないというわけでは……」

　しどろもどろな健さんを見ているうちに、なんだか楽しくなってきた。

　自分より年上で、身長が頭二つぶん大きくて、社会的な立場も収入もしっかりしている偉そうな男性が、弱ったり、困ったりしている姿は妙に可愛らしい。

「そんなことを言っていたら、いつまで経《た》っても無理でしょ。わかってるだろうけど、時間は有限なの。とにかく私は勝手にするから、健さんは寝てていいよ」

　きっぱりと言いきって見下ろす。薄く笑みを浮かべて唇を舐めると、健さんは顔をこわばらせてごくりと喉を鳴らした。

「……よせ。縛って無理やりしようだなんて、きみは変態か？」

「そうかもね。でも、この状態でここをこんなに硬くしているんだから、健さんも同じくらい変態じゃない？」

　私は手を後ろに伸ばして、健さんの股間を強めに撫でる。酔い潰れていた時から隆起していたそこは、目覚めたあとも萎《な》えることなく、パンパンに張り詰めていた。

「くっ」

悔しそうに歯を食いしばる彼を見て、一層、胸が高鳴る。

今まで自分でも気づいていなかったけど、私はちょっとエスっぽいのかもしれない。健さんを自分が思う通りにできると考えただけで、お腹の奥が熱を帯びた。

私は少し身体を引いて、健さんのベルトに手をかける。何をされそうになっているのかに気づいたらしい彼が、急にじたばたしだした。

「や、やめろ！」

手を縛っていても、蹴飛ばされたら敵《かな》わない。私は健さんの膝の上に座り、自分の身体で彼の足を押さえ込んだ。

手早くベルトのバックルを外して、スラックスの前をくつろげる。強引に下着を引き下げると、ずれた穿《は》き口から彼のものがぶるんと飛び出した。

「え、嘘……すご……!?」

思わず驚きの声を漏らす。

服の上から触れた時も、やけに大きいような気がしていたけど、今まで見たことがないくらい太くて長い。経験者の私でも普通に受け入れられるのか、不安になるくらいのサイズだった。

ちょっと潔癖そうな健さんが、まさかこんな凶暴なものを隠しているとは思っていなかった。

信じられない思いで彼の顔に目を向けたけど、縛られたままの腕を載せて隠していた。

「くそっ、見るな」

健さんが腹立たしいと言わんばかりに吐き捨てる。顔を隠して悪態をつく姿が、羞恥に苛まれているように見えて、また心臓がキュッと締めつけられた。

やっぱり、可愛くてたまらない……。

健さんの言葉を無視して、人差し指の先で彼のものを撫で上げる。最後に、先端の張り出したところを軽く弾くと、ピクピクと震え、割れ目から透明な雫《しずく》を溢《あふ》れさせた。

「気持ちいい？　ここ、涎垂《よだれ》れてるよ」

わかりきっていることを、わざとらしく尋ねる。

彼は手が白くなるほどきつく拳を握り、かすれた声で「やめろ」「だめだ」と繰り返した。

そうは言いながらも息は上がっちゃってるし、健さんは楔《くさび》の先からいやらしい露《つゆ》をこぼし続けてる。本能と理性に揺さぶられているのが手に取るようにわかって、私の中の熱がまた上がった。

……私のいいようにされてちょっと可哀想にも思える。けど、もっと、みっともなくドロドロに感じて悶《もだ》えている姿が見たい。

私はどんどんエスカレートしていく自身の欲望に従い、彼の性器に右手を添えた。

凄く熱くなっていて、僅《わず》かに怯む。驚いていることを悟られないよう軽く握って、ゆっくりと扱いた。

「はっ、ぅ……！」

押し殺した彼の喘ぎに気をよくして、何度も擦り上げる。できるだけ優しく、なだめるように。

太すぎて指が回りきらないから、たぶん凄くじれったいはず。けど、簡単にイカせるのは面白くない。私はできるだけ長く彼の痴態を眺めていたかった。

やわやわと刺激し続けているうちに、彼の声から嫌悪感が消え、代わりに切羽詰まったような呻きを上げ始めた。右手の中で震えているものは、人の身体の一部とは思えないくらいにこわばって、トロトロと涎を垂らし続けている。こんなに緩い愛撫《あいぶ》でも、イキそうになっているのだろう。

「健さんて敏感なんだね。そろそろ限界でしょ？」

私はわざとらしく笑みを浮かべ、恥ずかしい指摘をする。

顔を隠していた腕をパッと退《の》けた健さんは、殺意の籠《こ》もったまなざしで睨んできた。

……凄く怖い顔。きっと、こんな状況じゃなければ怯《おび》えて震え上がったに違いない。でも今は、彼から激情を向けられていることに悦《よろこ》びを感じてしまう。

じっと健さんを見返す。彼の意識を私に引きつけたところで、右手に力を込めた。

今までのもどかしさを吹き飛ばすように、強く握り締めて、素早く大きく扱いてやる。激しい快感に襲われた健さんは、ぐしゃりと表情を歪《ゆが》めて大きく仰け反った。

「あ、ぐっ……だめだっ、出る……！」

限界を告げる彼の叫びを聞いて、パッと右手を離す。突然、刺激を失い、そのまま放り出された健さんは、何が起きたのかわからないように目を見開いて唖然《あぜん》としていた。

「な……？」

「健さん、ごめんね。でも、もう少しだけ我慢して」

彼にすれば、これ以上我慢しろだなんて、とてつもなく残酷な言葉かもしれない。けど、手に出して終わりにはされたくなかった。

見るからに苦しそうな健さんに向かって内心で謝ってから、私はパジャマを脱ぎ捨てる。いつも身に着けているインナーとブラ、ショーツも外してベッドの足元に落とした。

生まれたままの姿になるのは、本当は凄く恥ずかしい。気を張ってないと手が震えてしまいそう。

私は緊張していることがバレないように、左手でぐっと胸の膨らみを持ち上げた。

親指と中指で膨らみ全体を揺らしつつ、人差し指の先で先端を転がす。久しぶりにエッチなことをしているせいか、ひどく気持ちいい。

縁談を受けてからは刻々と変化していく環境に慣れるのに精一杯で、独りで慰めることさえしていなかった。

「あ、あ、いぃ……気持ち、い……」

自分の口から、全然柄《がら》じゃないか細い声が漏れ出る。自分でしているのに、しかも胸を弄《いじ》っているだけなのに、よすぎて腰がガクガク震えた。

健さんの視線を感じる。快感でぶれる視界をなんとか直して目を合わせると、彼は息を詰め、まばたきもせずに私を見つめていた。

喉仏を大きく動かした健さんは、絞り出したような声で「なんで、急に」と呟く。きっと、私がどうしていきなり自身を慰めだしたのか知りたいのだろう。

私は胸を刺激している手を止めずに、反対の手で足の付け根に触れた。潤みを湛《たた》えた割れ目を開いて、指先で内側を優しく擦る。乳首から伝わる感覚と、秘部から響く痺《しび》れが混じり合い、一層たまらない気持ちになった。

「うぁ……あ……ここ、少し、慣らさないと、健さんの、入らない、からぁ……」

乱れた呼吸の合間に、理由を伝える。健さんを嬲《なぶ》ることですっかり興奮しているといっても、このまま彼を受け入れることが不可能なのはわかりきっていた。

目を瞑って、秘部の突起を指先で押し込むようにしながら捏《こ》ねる。私のここも、健さんと同じように腫《は》れて震えていた。

きゅうっと下腹部がこわばり、頭の中が「気持ちいい」で塗り潰されていく。

「あ、もうっ……」

感覚が昂《たかぶ》って軽い頂《いただき》を越えそうになったところで、秘部に当てていた手を強引に止められた。

イキ損ねたことに驚いて目を開けてみれば、健さんが縛られたままの手で私を押さえている。

……もしかして、さっきの仕返し？

少しムッとして睨むと、まるで「違う」と答えるように彼が首を横に振った。

「それだけでは無理だ。中も解《ほぐ》さないと、おそらく入らない」

淡々とした彼の指摘に、身体の緊張が増す。それは薄々気づいていた。けど……自分の中に指を入れるのは、ちょっとだけ怖い……。

この四ヶ月間がご無沙汰だっただけで、それまでは独り寝が寂しい夜などに自身を慰めていた。でも、中を刺激することはしていない。今みたいに外の気持ちいいところを少し弄って、軽くイケば満足だった。

一瞬、健さんに手伝ってもらおうかと考えたけど、すぐに却下する。きっと彼は、手を自由にした途端に私を突き飛ばして、それきりになるだろう。

私は覚悟を決めて唾を呑み込む。割れ目に触れていた指を、恐る恐る奥に進めた。

ぬるぬるした生々しい粘膜の感触が伝わってくるのと同時に、ピリッと痛みが走る。気持ちいいとはとても言えないけど、何かに急《せ》き立てられるような、ぞわぞわした感覚が湧き上がってきた。

「は、あ、あぁ……」

中から溢れてくる蜜を指に纏わせて、ずうっと最奥まで挿し入れる。私の内側は、入ってきたものが自分の指でもお構いなしに絡みつき、締めつけた。

熱くうねる粘膜の感触に圧倒される。身動きもできずに、はくはくと浅い呼吸を繰り返していると、なだめるように腕を撫でられた。

つられて健さんへ視線を向ければ、彼はまぶしいものを見るように目をすがめている。改めて彼に見られていると意識した途端、新たな蜜が溢れ、内股を伝い落ちていった。

「一本では足りないだろう。そのまま、指を増やして」

ゆっくりと指を抜き挿ししながら、健さんに命じられた通りに、中指と薬指も合わせて中に入れる。指三本ぶんに拡《ひろ》げられた蜜口はビリビリと痺れて、痛いのか気持ちいいのかわからなくなった。

酔い潰れた健さんを縛って楽しんでいたはずなのに、私の方が苛まれているみたい。でも、それもいい。

さっき気づいた自分のエスっぽい部分にも驚いたけど、その中にエムっぽいところも見つけてしまい、更に混乱してきた。

息を切らし、夢中で指を動かす。内側が拡げられることに慣れてきたのか、少しずつ快感が増していく。

けど、気持ちよくなってくるに従い、奥が切なくなってきた。自分の指では、どうしてもいいところに届かないのだ。

私は秘部を弄っていた手を離して、可哀想なくらいに膨らんでいる健さんのものに触れた。

……これ、欲しい。中に……。

震える足を動かして位置を合わせ、二人の秘部を近づける。

私がしようとしていることに気づいたらしい健さんが、なぜか急に慌てだした。

「よせ。まだ早い」

なんなのかよくわからないけど、彼の言うことを聞く気はない。私は返事をしないで、健さんの先端に自分の割れ目を押しつけた。

興奮と期待で、心臓が痛い。

胸に当てていた手をベッドに置いて身体を支え、じりじりと腰を落としていく。

「あぁぁっ」

先の丸いところを受け入れただけで、悲鳴を上げてしまう。当たり前だけど、指とは全然違う太さと感触に涙がこぼれた。

中が限界まで拡げられていて、ビリビリを通り越してジンジンする。圧迫感が凄くてつらい。

凄く遠くで健さんが「だめだ」とか「抜け」とか言っているような気がしたけど、ここまできてやめるなんて絶対に嫌。私はギュッと目を瞑って、彼を呑み込んでいった。

「あ、あっ、くるし……すごい、大き……！」

勝手に口から感情が溢れ出る。痛いのに、怖いのに、ドキドキが止まらない。

自分的に最奥だと思っていた位置まで彼がやってきた。けど、全部は入りきっていない。せり上がってくる未知への恐怖を無理やり押さえ込み、私は体重をかけて健さんの上に座り込んだ。

「あぁ――……っ‼」

奥の奥に彼のものが突き当たる。初めての場所を暴かれた瞬間、重く鈍い痛みが走り抜け、瞼《まぶた》の裏にバチバチと星が飛んだ。

受け入れるだけでぐったりしてしまい、健さんに重なるように倒れ込む。自分でもはっきりしないけど、もしかしたら私は今のでイッたのかもしれない。

健さんの鎖骨に頭を載せて、ぜいぜいと呼吸を繰り返す。そうしてしばらく休んでいたけど、やがて彼が苦しげに呻き始めた。

「あ、ごめん。重かった、よね」

まだ震えている身体をなんとか起こして体重を支える。健さんは私が上から退いても、険しい表情を崩さなかった。

「……そんなことはどうでもいい。とにかく手を解け」

もの凄く怒っているのか、彼はギラギラしたまなざしで睨み上げてくる。

怒りをぶつけられたことによる恐怖と悲しみ、そして落ち着きかけていた淫らな欲望が、また燃え上がった。

「やだ」

きっぱりと言いきって、両手を健さんの胸に置く。全身の力を振り絞り、下半身を浮かせた。じりじりと彼が抜け出ていく。覚悟はしていたけど摩擦が凄い。それでも、少し抜いては入れるのを繰り返しているうちに身体が慣れてきたのか、スムーズに動かせるようになった。

「ん、あ、あ、ぁっ」

健さんの先端が、私の奥に当たるたびに、はしたない喘ぎを上げてしまう。中から滲み出た蜜が掻き混ぜられて、粘ついた水音も響いていた。

本当は健さんを翻弄して、もっとぐちゃぐちゃに感じさせてみたいけど、そんな知識とスキルは持っていない。ついでに言えば、私自身にそこまでの余裕もない。ただ本能のままに腰を動かすしかできなかった。

どれくらいそうしていたのか、気づいた時には痛みが引いていて、寒気に似た甘い感覚だけが残っていた。

「っふ、ぅ、気持ち、い……」

半ばすすり泣きながら、自分の状態を口にする。生理的な涙で濡《ぬ》れた目を健さんに向けると、彼は顔をしかめて息を乱していた。

健さんも気持ちよくなっているとわかって、喜びが込み上げる。けど、いくら抜き挿しし続

けても、彼がイクことはなかったし、私もイケなかった。

……どうしよう。これじゃあ足りない。

自分では体力があるほうだと思うけど、男性と同じように動けるわけじゃない。どんなにがんばっても、決定的な刺激は得られなかった。

つい、健さんにすがるようなまなざしを向けてしまう。彼は眉間の皺を深くして「くそっ」と悪態をついた。

次の瞬間、ぐんっと下から身体を突き上げられた。

突然のことにバランスを崩して、腰を落とす。抜けかけていた楔が一気に最奥まで入り込み、その衝撃で息が途切れた。

「ひぅっ――――!」

ガクガクと下半身が跳ねて、次に全身の力が抜ける。身体を支えきれず、健さんの上に上半身を投げ出すと、すかさず彼の手が背中に回された。

手首を縛られたままで不自由なはずなのに、抱き締められているみたい。

性的な興奮とは違う胸の高鳴りを覚えて、私は健さんの顔を覗き込んだ。

情欲に呑まれた熱っぽい視線が私に向けられている。おそらく、私も同じ目で彼を見ているのだろう。

吸い寄せられるように顔を近づけ、そっと唇を触れ合わせた。キスをするのは、身体を繋ぐよりも彼の深い部分に近づいた気がして、恥ずかしくなる。

私は居たたまれない気持ちをかかえたままキスを続け、どちらからともなく舌を伸ばして絡ませ合った。

また、軽く身体の中心を突かれる。内側を擦られ、奥の壁を押し上げられるのが、たまらなく気持ちいい。

「あ、ん、もっと……」

キスの合間に思わずねだってしまう。

健さんのことだから、てっきり軽蔑のまなざしをよこすと思っていたのに、彼は上に乗る私を跳ね上げるように腰を使い始めた。

グチュグチュと卑猥《ひわい》な音が立つ。仰向けで手の自由を奪われているとは思えないほど激しい抽送《ちゅうそう》。数回、抜き挿しされただけで、私は快感の極みへと連れていかれた。

「んう、ん――っ‼」

ギュッと全身が硬直し、痙攣《けいれん》する。

私がイッたことには気づいているだろうに、健さんは動きを止めてくれない。「苦しい」「少し休ませて」と言いたいけど、噛みつくように口づけられているせいで呻くことしかできなかった。

立て続けに何度も達したせいで、繋がっている場所から、蜜とは違うサラサラした液体が噴き出す。深すぎる絶頂に朦朧《もうろう》としていると、骨が軋《きし》むほど強く身体を押さえられた。

私の耳元で、健さんがひどく苦しそうに息を吐く。同時に、身体の内側で彼のものがビクビクと震えた。

「あ……っ！」

今までに感じたことのない熱が、お腹の奥に広がっていく。中からじりじりと炙《あぶ》られるような感覚に襲われ、私は声にならない声を上げて、また昇り詰めた。

第三章

新婚だというのに一ヶ月間も放っておかれてムカついた……という建前をつけ、酔った勢いで健さんを襲った翌朝、私はベッドの上で頭をかかえていた。

快感で表情を崩す彼を見るのは楽しかったし、凄く気持ちよかったけど、いくらなんでもやりすぎだ。

恐る恐る隣で横になっている健さんへ目を向けると、彼は顔をそむけたまま「……きみは変態的な趣味があったんだな」と呟いた。

普段と変わらない冷ややかな声音のせいで、健さんが怒っているのか、悲しんでいるのか、さっぱりわからない。

謝って釈明して変態じゃないと言いたかったけど、二度とやらないかと問われれば首をかしげてしまう。無抵抗の彼を嬲るのはよくないことだとわかっていながら、知ってしまった甘美な誘惑に抗《あらが》えそうになかった。

返事をしない私をどう思ったのかはわからないけど、健さんはそれきり何も言わず、私たちは週に一度か二度という健全なサイクルで、不健全な触れ合いをするようになった。

日が沈み、空が紺色に変わる頃。私は、自宅マンションのキッチンに備えつけてあるオーブンを覗き込んでいた。

中では、お手製のポテトグラタンが、熱風に炙られてふつふつと泡を立てている。まだ焦げ目がついていないから、焼き上がるまではもう少しかかりそうだ。

壁に掛けてある時計で時間を確認して、先にテーブルセッティングを済ませることにした。

無駄に大きな白いダイニングテーブルに、ランチョンマットを敷いてカトラリーを置く。付け合わせに作ったベビーリーフのサラダと、グラスも運んできた。ここに、焼き上がったポテトグラタンとスープ、それと冷やしたワインを出せば、夕飯の準備は万端だ。

平日なら通いの家政婦さんが作り置きしておいてくれるのだけど、日曜日の今日は自分で作るか、外食をするしかない。借金返済のための節約生活をしていたせいで、外食に抵抗を感じる私は、毎週末に自炊をしていた。

ふと、向かい合わせに並べられた二人分のランチョンマットを眺める。

健さんは曜日なんてお構いなしで今日も出勤しているけど「些末《さまつ》な業務が溜《た》まっているだけだから定時退社できる」と朝に言い置いていった。

この頃の彼は、結婚した直後とは違い、土日のどちらかを休日にしたり、早く帰ってきたりしている。以前よりは仕事に余裕ができたのか、それとも別の理由かはわからないけど……。

ランチョンマットに目を向けたまま、つらつらと考え事をしていると、焼き上がりを知らせるオーブンのアラームが響いた。

「あ、いけない、いけない」

スリッパをパタパタと鳴らしてキッチンに駆け戻る。もう一度オーブンの中を覗けば、ポテトグラタンが綺麗に色づいていた。

「おいしそう！」

思わず自画自賛して、両手をパチンと打ち合わせる。

あとは温かいうちに健さんが帰ってきてくれるといいんだけど……と願ったところで、玄関のドアが開く音が聞こえた。

ドアが閉まり、鍵がかけられる。続けて靴を脱いでいる気配と、近づいてくる足音。音につられてリビングと廊下を繋ぐドアに目を向ければ、程なく開かれ、スーツ姿の健さんが顔を覗かせた。

「今戻った。着替えてくる」

抑揚のない声で短く告げて、彼は廊下の途中にある寝室へと取って返す。

私も「おかえり」とだけ返して、オーブンに向き直った。

相変わらず、セックスの時以外の健さんは、顔の筋肉が壊れているんじゃないのかと思うほど無表情だ。話し方も平坦《へいたん》なうえ無口で、時々、本当に生きているのか疑いたくなる。

……まあ、そんな彼ともう三ヶ月も一緒に暮らしているんだけど……。

自分で自分にツッコミを入れて苦笑いをする。

私は一度肩をすくめて溜息を吐いたあと、火傷《やけど》をしないようにミトンをつけ、オーブンの扉を開けた。

健さんはテレビがあまり好きではないらしい。

情報を得るためにニュースは観《み》るものの、娯楽番組にはまったく興味を示さない。当然、食事中につけておく習慣もないようで、静かな中じっと皿を見つめて、黙々と料理を口に運んでいた。

一緒に生活し始めた頃は、気難しそうな健さんとの食事を窮屈に感じていた。けど、最近は私が慣れたというか図々しくなったというか、彼にお構いなしで話題を振っている。

世間を騒がせているような時事ネタから、仕事で遭遇《そうぐう》したハプニングの話、マンションの中庭で見かけた猫のことまで、思いつくまま勝手に話し続ける。

健さんはまるでどうでもよさそうにしているけど、時々「うん」とか「ああ」とか、あいづちを返してくれるし、どんなにくだらない話でも「聞きたくない」とは言わなかった。肯定はしてくれないけど否定もされない相手との会話は、思ったよりも心地いい。私は気分よく放談しながら、健さんのことを少しずつ知っていった。

肉や魚は普通に食べるけど、野菜はちょっと苦手。和食よりも洋食派。猫舌ぎみで、お酒はあまり強くない。職業柄か、株式や経済関係の話をすると少し興味を示す。同じように車は好き。スポーツのことはよくわからないっぽい。

……そして、たまに物言いたげな様子で、こちらを見つめている時がある。私が「どうしたの？」と聞いても返ってくるのはいつも「いや、なんでもない」だ。

健さんにすれば本当になんでもないことなのかもしれないし、内心で私のことをうるさいと思っているのかもしれない。彼の本音はわからないけど、とにかくまっすぐに見つめられると、胸がドキドキして困る。

今も健さんの視線が向けられていることに気づいて、私は少しだけうつむいた。

彼がなんでもないと言うのだから気にしなければいい、とわかっているけど、顔が火照ってきてしまう。見られるのは恥ずかしくて、でも、どことなく嬉《うれ》しくて、そわそわした。

たぶん、私は健さんを好きになりかけているんだろう。お見合い結婚だから仕方ないとはいえ、身体を重ねたあとで気づくのはおかしな気がするけど。

うつむいたままで、目だけを動かして彼を見返す。

「……このあと、お風呂入る？　一緒に」

最後の部分を聞いた健さんが、ピクッと震える。一瞬、彼の瞳にとまどいの色が浮かんだけど、すぐにわからなくなった。

「ああ」

普通の話題の時と変わらない、短いあいづち。でも、その声はかすかに震えていた。


湯気が立ち込めるバスルームで、健さんを鏡の前に立たせ、私はその後ろにくっつく。わざと彼の背中に胸の膨らみを押しつけて「洗ってあげる」と声をかけた。

当たり前だけど二人とも裸で。健さんを縛るとか、お酒を大量に飲ませて弱らせるとかもしていない。パッと見は新婚夫婦のイチャラブお風呂タイムだ。

……彼の顔が少しこわばっている以外は。

一緒に暮らすうちにそれなりの回数のセックスを経験した今は、彼の緊張が期待からきているものだとわかってる。

まだ口では「だめだ」「よせ」「やめろ」と言うけど、行為の最中は私の言いなりで、どんなに嬲られても萎《な》えたことがないし、逆にもっと興奮している時もあった。

身体を重ね始めてから、まるでそのための時間を作るように定時帰宅したり、週一で休日を取ったりもしている。本人は認めたくないみたいだけど、彼はたぶんエム気質なのだろう。

ぴったりと身体を寄せ合った状態で、両手を彼の前に出す。

「ボディソープ取って」

健さんの斜め前にあるバスラックを指差してお願いすると、彼はボディソープのボトルを取り上げて、私の手のひらに垂らしてくれた。

両手を擦り合わせるようにして、空気を含ませる。目の前に健さんの身体があるから見えないけど、手の感覚を頼りにたっぷりと泡立てた。

泡だらけになった右手を、彼のお腹に滑らせる。程よく引き締まっていて、触るだけでも気持ちいい。

健さんも快感を覚えたのか、かすかに呻くのと同時に、わっと鳥肌が立った。

お腹を撫でる手は止めずに、彼の背骨の上をゆっくりと舐め上げる。

「う……」

押し殺したような低い喘ぎに気をよくして、左手を彼の胸に持っていくと、うっかり爪の先で乳首を引っかけてしまった。

彼の肩がビクビクッと派手に跳ねる。

最初は舐めても、指で弄っても、ただくすぐったがっているだけだったのに、しつこく刺激し続けていたら、だんだんいい反応をするようになってきた。

……といっても、強くしすぎて傷をつけることはしたくない。私は泡でぬめる指をそっと健さんの胸に当て、真ん中の尖りを押し込むようにして擦り始めた。

本当に小さな突起なのに、しっかりと芯があって、軽く押しただけで指の下からつるりと逃げていく。その反応が可愛らしくて楽しくて、何度も繰り返した。

右手は続けて彼のお腹を撫で擦《さす》る。お臍《へそ》の窪《くぼ》みに指先を入れてくすぐると、手の甲に弾力のあるものが触れた。

不安定に揺れて震えているそれがなんなのか、わざわざ見なくてもわかってる。男性の生理的な現象だということも理解しているけど、少しからかってみたくなって、お腹から手を退けた。

「もう。気持ちよくなっちゃったの？　健さんは本当にやらしいんだから」

クスクスと笑い声を立てて、軽く詰《なじ》る。

わざと快感を得られるように触れているのだから、実際のところ健さんに問題はない。でも、ちょっとエムっぽい彼は言葉で攻められるのも好きなようで、また大きく身体を震わせた。

予想通りの反応に口の端を上げて、右手も彼の胸へと持っていく。皮膚の感触を楽しみながら撫で上げて、親指と人差し指で両方の乳首を摘《つま》むように刺激した。

性別で胸の形は違っても造りは同じなのか、両方を同時に愛撫されると更に気持ちいいらしい。健さんは僅かに首を反《そ》らして熱っぽい吐息をこぼした。

思いきり背伸びをして、彼の肩の向こうに見える鏡を確認する。そこには瞳を潤ませ頬を染めた、しどけない姿の健さんがしっかりと映っていた。

両方の胸を私の手で苛まれていて、そこから垂れ落ちる泡が、起ち上がった彼のものに絡みついている。潔癖そうな健さんが汚されていくように見えて、ひどく胸が高鳴った。

「ね、ほら、鏡見て。すっごくエッチな格好になってる」

私の言葉につられて鏡を見た健さんは、すぐにパッと顔をそむけた。耳が赤くなっているのは、きっとのぼせたからじゃないはずだ。

「き、きみが仕向けたんだろう……俺は、べつに、こんなこと……」

健さんは一番大事なところを言わずに、もごもごと何かを呟いてごまかす。きっぱり「したくない」と答えられないことが、彼の本心を物語っていた。

私はわざと彼に聞こえるように、ふふっと笑って、胸からお腹、更にその下へと右手を動かしていく。硬く大きく膨らんだ楔を撫でて、左手もそこに添えた。

握るというより、包み込むと言ったほうがいいくらい優しく触る。そっと手のひらで擦るようにして、纏わりついていた泡を全体に塗り広げた。

「ここ、カチカチになってるけど……健さんが嫌ならもうやめておこうか？」

素直じゃない健さんを煽《あお》るために、心にもない提案をする。案の定、彼は身をこわばらせて、うろたえだした。

「え、あ……それは……」

オロオロしている間に彼が萎えてしまわないよう、ゆっくりと擦り続ける。

今、健さんの中では、プライドと欲望がそれぞれ主導権を握るために戦っているのだろう。しばらくの間、彼は小さく身体を痙攣《けいれん》させながら歯を食い縛っていたけど、我慢の限界を告げるみたいに呼吸が荒くなってきた。

私は気づかれないようにほくそ笑んで、健さんの肩甲骨に口づけた。

「ねえ、このましようよ。健さん、子供が欲しいんでしょう?」

「あ……ああ。欲しい」

私が下ろした蜘蛛《くも》の糸を掴んだ健さんは、大きく首を縦に振る。「子供を作るため」という大義名分を手に入れた彼は、ほっとしたように息を吐いた。

もし責めすぎたら、健さんのプライドを粉々に砕いてしまうかもしれない。それは人としてやってはいけないことだと思う。私は、ギリギリのところで踏《ふ》み止《とど》まって苦悩している彼を見るのが好きなだけで、本気で傷つけたいとは思っていないのだから。

「健さん、そのまま壁に両手をついて」

彼のものを握っている手に少しずつ力を込めながら、私は健さんに指示を出す。彼が素直に応じてくれたのを確認して、もう一度、背中に吸いついた。

「私がこうやって握っておくから、自分で気持ちよくなるように動いてみて?」

「なっ」

「早く。手が疲れてきちゃう」

出まかせを口にして、健さんを急かす。いくら強めに握っているといっても、それだけで疲れるほど柔《やわ》じゃない。

おそらく彼も私の嘘に気づいているだろうけど、非難することなく、おずおずと腰を動かし始めた。

最初は小刻みに。そのうち前屈《まえかが》みになって、だんだん大きな動きへと変わっていった。

彼はボディソープのぬめりを使って、ぐいぐいと激しい抜き挿しを繰り返す。手のひらから伝わる生々しい感触に、私の身体も熱くなっていく。

後ろに寄り添っているせいで、私の胸と彼の背中が擦れ、淡い快感も湧き上がってきた。

二人の呼吸と、ボディソープの立てる粘ついた音、肌がぶつかり合う時の軽い打擲《ちょうちゃく》音が、バスルームに響く。やがて、激しくなる一方だった健さんの動きがぴたりと止まった。

「……もう、限界だ。出てしまう」

彼は苦しそうに呼吸をしながら、私の手首を掴んで引き離す。

私としては、うっかりイッてしまって落ち込む健さんを見てみたいけど、子作りという目的がある以上、それは許されないのだろう。

少し興奮を冷ますように大きく溜息を吐いた健さんは、シャワーでざっと泡を落としたあと、強引に身体を反転させて私との位置を入れ替えた。

今までとは逆に、私が鏡と向き合い、その後ろから健さんが覆《おお》い被《かぶ》さってくる。彼はさっきの私を真似《まね》るみたいにぴったりと身体を寄せて、両手で胸の膨らみを掬《すく》い上げた。

大きく開いた手で乳房全体を揺らされる。真ん中の尖りが彼の手のひらで押されて、きゅうっと窄《すぼ》まった。

むず痒いようなピリピリした痺れが両胸から響く。そう強い感覚じゃないのに、じっとしていられない。

「あっ、ん……健さん……」

たまらずに顔を後ろへ向けると、まるで待ち構えていたみたいに口づけられた。

不自由な体勢だけど、健さんと深く繋がりたくて首を反らせる。彼も同じように顔を寄せて、舌を絡ませ合った。

夢中でキスを続けるうちに、少しずつ私を攻める手が強くなってきた。

健さんは私の乳首を指で摘んで、引っ張るようにしながら、くりくりと捻《ひね》る。ほんの少しの痛みと激しい甘さが突き抜け、キスをしているのに喘ぎが漏れた。

「ん、んんっ……ぁ、ふ。あぁっ」

健さんに触れて悶えさせるのは心が気持ちいいけど、彼の方から触れられるのは身体が気持ちいい。心と身体の両方で快感を得た私は、火照る秘部を持てあまして足を擦り合わせた。

そこはまだ何もされていないのに、しっかりと潤っている。少し強めに力を入れると、割れ目の奥から蜜が溢れ、足の間を伝い落ちていった。

胸への刺激につられて、秘部がどんどん切なくなってくる。直接弄って、気持ちよくなりたい……。

私は唇を離して前に向き直り、自分の右手をそろりそろりと足の付け根へ持っていく。ジンジンしている部分まであと少しというところで、正面から視線が向けられていることに気づいた。

「あ……」

ハッとして顔を上げた先、鏡に映った私を背後の健さんがじっと見つめている。

私はこれまでも、彼を煽るためにわざと自慰を見せつけてきた。だから今更見られたって恥ずかしいことなんかない……はずなのに。

自分が攻める側でないせいか、健さんの視線に晒《さら》されているのが居たたまれない。変に気まずくて先に進めずにいると、彼が「きみはしなくていい。俺がする」と呟いた。

「え？」

一瞬、どういうことかわからずに、ぽかんとしてしまう。

健さんは詳しい説明をしてくれないまま胸から離した手を、私の秘部に這わせた。

触れられただけで、ゾクッと淫靡《いんび》な寒気が走る。刺激を待ちわびていた割れ目がせわしなくひくついて、新たな蜜を吐き出した。

彼は滴《したた》るぬめりを指に纏わせて、私の敏感な突起に塗りつける。ビリビリと強い快感が突き抜け、目の前で光が弾けた。

「あっ、あんっ‼」

思いきり背中を反らせて、響く快感を味わう。信じられないくらい気持ちいい。激しい呼吸と喘ぎで閉じられない唇から、唾液がこぼれた。

我慢なんて少しもできない。湧き上がる衝動に任せて身体をくねらせると、健さんが空いているほうの手で私の二の腕をするりと撫でた。

「腕を上げて、俺の首に掴まれ。危ない」

言葉が足りなすぎるけど、おそらく「滑って転ばないように」ということなのだろう。

私は耳元で囁かれた低い声にクラクラしながら、言われた通りに両腕を上げて、健さんの首にしがみついた。

後ろにいる彼に寄りかかるのだから、必然的に胸を突き出す姿勢になる。健さんはまるでそれを狙っていたみたいに、膨らみを掴んで揉みしだいた。

乳房の形が変わるくらい荒っぽい愛撫と、浅く短い呼吸。弾けそうなほど硬く張り詰めた彼のものは、私のお尻に挟まれてプルプルと痙攣し続けている。

凄く激しくて、いやらしくて、可愛い……。

全身で興奮を表す彼が愛《いと》おしくて、胸の奥がキュッと締めつけられた。

これ以上ないくらい彼のものは熱くなっているけど、健さんは無理やり押し入ることはせず、私の内側を慣らすようにゆっくりと指を挿し入れてくる。

欲望に呑まれていても、私への気遣いを優先してくれているのがわかって、一層嬉しくなった。

男性らしい太く長い指が根元まで入っては抜け出ていく。何度も抜き挿しをして少し解《ほぐ》れた頃に二本、三本と指が増やされた。

ちょうど、彼の指先が私の一番気持ちいい場所に当たる。繰り返しそこを擦られると、会陰が甘苦しくなって、いよいよ我慢できなくなってきた。

「あ、だめ……も、だめぇ。イッちゃう……！」

ブルブルと腰を震わせて、絶頂を予告する。

健さんはごくりと唾を呑み込んで「イケばいい」と答えたけど、独りで昇り詰めるのは嫌だ。

「やぁっ、きて！　健さんも、一緒に……」

気持ちよすぎて涙をこぼしながら、彼が欲しいとねだる。

鏡に映る健さんは苦しそうにギュッと眉根を寄せたあと、私の中から指を引き抜き、その手で片方の膝裏を持ち上げた。

「あ、嘘っ⁉」

彼の予想外の行為に目を見開く。片足を引き上げられたせいで、私の秘められた部分が鏡に映り込んでいる。自分でもほとんど見たことがない場所を晒され、思わず息を呑んだ。

まぶしいくらいの灯《あか》りで、色と形までわかってしまう。健さんの指で解された割れ目は充血していて、濃い赤色に染まっていた。

あまりにも卑猥で目が離せない。蜜で濡れ、誘うように震えるそこへ、後ろから太い楔の先が当てられた。

「ああ、だ、だめ……そんな、入らない」

興奮からではない涙が目に浮かぶ。

セックスをするたび健さんの大きさに驚いて、自分のことながらよく受け入れられているものだと不思議だったけど、目の当たりにしたせいで怖くなってきてしまった。

小刻みに頭を振って「無理」と繰り返す。

健さんは怯える私に呆れたのか、小さく息を吐いたあと、何も言わずに腰を進めてきた。

「あ、あ、あぁ――‼」

凶器と言ってもいいくらいの太さと長さのものが、目の前で私の襞《ひだ》を割り開いて潜り込む。

衝撃的な光景に声が裏返った。

痛いと感じたのは一瞬で、すぐに腰が抜けそうなほどの快感が噴き上がる。健さんのものは淫らな水音を立てながら、私の中へと入ってきた。

開ききった秘部の割れ目、彼の形に拡げられた隘路《あいろ》、押し上げられる最奥……その全部がビリビリ痺れていて苦しい。なのに、気持ちいい。

身体の奥から広がる圧倒的な快感で、私はすっかり混乱していた。

健さんは、私のお腹をかかえるように片腕を回して、抽送を始める。立ったままだから大きくは動けないけど、絶え間なく奥を突かれてだんだん朦朧《もうろう》としてきた。

「ひ、ぁ、あ……すご、気持ちい……っ。あ、いいっ！」

力強い突き上げで、全身が揺さぶられる。硬くしこった胸の先と、割れ目の突起には、その振動さえ快感になった。

ぐんぐん体内の熱が上がっていく。勝手に下腹部がこわばり、限界に達した瞬間、すべての感覚がバチッと弾けた。

「ん、うぅ――……っ‼」

自分でも聞くにたえない唸《うな》り声《ごえ》を上げて昇り詰める。健さんを咥《くわ》えている場所の少し上から、ピュッと淫水が迸《ほとばし》った。

「あ……あぁ……」

一瞬、粗相《そそう》をしたのかと焦るけど、それが激しい絶頂の証《あかし》だということはわかってる。なすすべなく、はしたない水を吐き出しながら、私は全身を痙攣させた。

呼吸もままならない私の耳元で、健さんが名前を呼ぶ。強制的に現実へと引き戻され、鏡越しに彼を見つめると、怖いくらい真剣なまなざしを返された。

「唯香、悪い」

どうして急に謝られているのか、快感で茹《ゆだ》った頭ではわからない。でも、健さんの熱を帯びた瞳が、彼の望みを伝えてきた。

「いい、よ。もっと、きて……！」

野獣のような目をした健さんに、私自身を差し出す。凄《すさ》まじい色気を纏う彼に魅入られ、もうどんなにひどくされてもいいと思えた。

健さんは一度手を離して、私の上半身を鏡に寄りかからせる。お尻を突き出す姿勢に羞恥を覚えるより早く、彼は私の骨盤の上を強く掴んで固定した。

繋がっている場所から、健さんがずるりと抜け出ていく。入り口近くまで戻った彼は、次に思いきり腰を叩《たた》きつけてきた。

「――――っ!!」

一気に最奥を打たれ、声もなく達してしまう。

健さんは私がイッていることなんてお構いなしで、荒々しく抜き挿しを繰り返す。

規格外な彼のもので中を抉《えぐ》られるのは苦しくて、おかしくなりそうなほど気持ちいい。ぼろぼろ泣きながら意味のない喘ぎを上げ、何度高みを見たのかわからなくなった頃、お腹の奥に健さんの熱が広がった。

ほとんど絶え間なくイカされて緊張を強いられ続けたというのに、貪欲な私の身体は彼をきつく締めつけ、放たれた熱情を呑み込んでいく。

それさえも気持ちよくてうっとりしていると、健さんがもう一度「悪い」と謝ってきた。

なんでまた謝られたんだろう……激しくしすぎたということ？

でも誘ったのは私だし、凄く興奮したし、これくらいならまだなんとか大丈夫——と答えようとしたところで、中に埋められたままの彼が力を失っていないことに気づいた。

「え……？」

嘘でしょ？　なんで⁉　さっき出したのに！

心の叫びを声に出す間もなく、健さんがまた腰を動かし始める。

「ひぃっ、や、やぁっ、あ、あっ、ぁ——……‼」

制止しようとした声は喘ぎに変わり、私はまた快楽の渦へと引き込まれていった。


「すまない。さすがに無理をさせた」

裸のままベッドの上に伸びた私は、今にも閉じてしまいそうな瞼をなんとか上げて、寄り添う健さんを見やった。

いつもと変わらない真顔だけど、どことなくすっきりして見えるのが憎らしい。疲労困憊《ひろうこんぱい》な私とは大違いだ。

半眼で睨むと、彼は少し気まずそうに目をそらした。

バスルームで触れ合って一戦交えたあと、昂りが治まらなかったらしい健さんは、そのまま延長戦を挑んできた。身動きができなくなるまで苛まれてから、ベッドに運ばれ、更にもう一度。

計三回イッて満足した彼と、数えきれないくらいイカされて疲労の限界を超えた私は、現在ちょっと殺伐《さつばつ》としたピロートークの最中だ。

神経質そうで潔癖そうな見た目の、草食系というより絶食系だった健さんが、ここまで絶倫になるとは予想もしていなかった。

……まあ、無理やり肉を与えて育てたのは私なんだけど。

軽く後悔しながら、ふわっとあくびをすると、彼が頭を撫でてくれた。

ほんのりと胸の内が温かくなって、安心感を覚える。健さんは相変わらず口下手で何を考えているのかわかりにくいけど、ベッドを共にするようになってからは時々こんなふうに優しい仕草をすることがあった。

きっと見た目の印象ほど、無感動な人ではないのだろう。身体の繋がりが深まるのと同時に、心も近づいている気がして嬉しくなった。

ゆっくりと繰り返し撫でられているうちに、眠気が強くなってくる。

このまま寝ちゃいたい……。

ますます重くなった瞼を閉じて、ふうっと息を吐いたところで、健さんが何かに気づいたように「あ」と声を上げた。

裸で寝るのはだらしない、とでも言いたいのだろうか。

顔をしかめて薄く目を開けると、彼は少しためらうように一度口を閉じて、また開いた。

「今言うことではないのかもしれないが、来週末の予定を空けておいてもらいたい」

「え、来週？」

急に出された事務的な話題のおかげで、パッと目が覚める。慌てて、頭の中に入れてある予定表をめくった。

「たぶん大丈夫だと思うけど……」

次の土日なら特別な会合などはないし、プライベートで出かける用事もない。

私の返事を聞いた健さんは、浅くうなずいた。

「昔から懇意《こんい》にしている旅館が、新館の落成式を行うんだ。親父《おやじ》が出席する予定だったんだが、先方がきみに会ってみたいとうるさくてな。代わりに二人でいくように言われた」

「……私に？」

意外な話に首を捻る。小早川家と付き合いのある旅館が、どうして私を指名してくるのかがわからない。

「ああ。披露宴に来られなかったから、俺の結婚相手が気になっているんだろう」

健さんの説明に、少しだけ身構えてしまう。彼はたいしたことじゃないように言うけど、きっとそこは「小早川興産の後継者の妻」である私を評価する場になるに違いない。

小早川家の人間になった以上、他人から評価されるのは覚悟していた。小早川家と加納家が釣り合っていないのは明らかだし、色眼鏡で見られるのも、口さがない噂《うわさ》をされるのも仕方ないことだ。

くるべき時がきたのを悟り、きゅうっと胃の辺りがすくみ上がる。

正直な気持ちを明かせば、悪意のある人と対決するのは怖いし、誰にどんな噂をされても全然平気だなんて言いきれない。

だけど初めて健さんと会った時に、結婚相手は「身体的、精神的にも健康な女でないとだめだ」と言われた通り、彼が求めているのは、簡単に足を掬われるようなことのないタフな妻だ。

「うん、わかった」

密かに気合いを入れ直した私は、健さんをまっすぐに見つめて、にっこりと笑う。

三億円もの借金を肩代わりしてくれた恩に報いるため、対外的には完璧な妻にならなければいけない。くだらない陰口なんて払《はら》い除《の》けて、相手を黙らせるくらいの強いパートナーに。

健さんの胸元に頬を寄せて、決戦の時へと思いを馳《は》せる。私の胸の内には、早くも闘志が燃え上がっていた。

第四章

小早川家が昔から親しく付き合っているという「不破《ふわ》旅館」は、自宅マンションから車で一時間半ほどの距離の温泉地にあった。

出かける前に健さんから聞いたところによると、創業百有余年を誇る格式高いこの宿は、著名人や財界人に好まれてきたのだそうだ。今、本館は有形文化財に指定されていて、近代の歴史を知るための見学会なども催されているという。

……当然ながら、借金に喘いでいた人間が泊まれるような場所じゃない。

初めて訪れた純和風旅館を目にして、私は少しの間ぽかんとしていた。

瓦葺《かわらぶ》きの屋根が複雑に重なっている立派な建物の脇に、松や楓《かえで》、紅葉《もみじ》などが植えられた日本庭園が広がっている。

まだ少し紅葉《こうよう》の時期には早いから、木々は鮮やかな緑色をしているけど、吹き抜ける風が起こす葉擦れの音と、どこからともなく聞こえるせせらぎ、小鳥の鳴き声に、心が癒《いや》されていく。

ただただ見事としか言いようがない。

ほうっと息を吐いて見惚れていると、健さんが私の左手を掴んで歩きだした。

「いくぞ。入り口はこっちだ」

彼の声にハッとして、慌てて足を動かす。あまりにも素晴らしい景色に心を奪われていたけど、ここにきたのは観光のためじゃない。

健さんの妻としての真価が問われる場を前にした私は、手を引かれながら武者震いのように大きく身体を揺らした。

建物に入ってすぐのところに、旅館の人たちがずらりと並んでいた。

名入りの法被《はっぴ》姿の男性たちと、臙脂《えんじ》色の着物の仲居《なかい》さんたち、その真ん中には、花柄入りの上品な着物を纏った女性が二人立っていた。右側の菖蒲《しょうぶ》柄の女性は五十代くらいで、左側に立っている藤《ふじ》柄の女性は私と同年代に見える。どちらの女性とも清楚《せいそ》な美人で、顔がよく似ていた。きっと親子なのだろう。

全員が合わせて一礼したあと、年長の女性が一歩進み出た。

「小早川様、奥様、本日は不破旅館の新館落成式にお越しくださいまして、誠にありがとうございます。当旅館を代表いたしまして、女将《おかみ》の私から厚く御礼申し上げます」

どうやら、この人がここの女将さんらしい。

女将さんから恭《うやうや》しい挨拶を向けられた健さんは「本日は誠におめでとうございます」と型通りの祝辞を述べて、軽く会釈をする。隣に立つ私も、彼と一緒におじぎをした。

旅館の中は外観と同様に品があって豪華だったけど、周りを見ている余裕はない。小早川家にふさわしくあるよう、健さんに寄り添い薄く笑みを浮かべた。

それぞれ挨拶をしたあと、女将さんが落成式の流れを簡単に説明してくれる。

新館の大広間で式典を行い、続けて、昼食会を兼ねた懇親会があるらしい。それがお開きになったら自由解散だけど、部屋を用意してあるのでぜひ泊まっていってほしいと言われた。

事前に健さんから宿泊の用意をしておくように言われたのは、こういう理由だったようだ。

新館完成のお祝いとはいえ、こんな高級旅館に招待されるなんて凄すぎる。まあ、そのぶん何か、小早川家からご祝儀を贈っているんだろうけど……。

改めて今まで生きてきた世界との違いを感じて、ちょっと気後《きおく》れしてしまう。と、どこかから視線が向けられているのに気づいた。

……なに？

笑顔は崩さずに、そっと周りを確認する。晴れやかな顔をした女将さんに視線を向けた時、その隣に立つ娘さんと目が合った。

小柄で色白な彼女には着物がよく似合っている。結い上げた黒髪と吸い込まれそうな瞳が印象的で、同性の私から見てもドキッとするような美人だ。大和撫子《やまとなでしこ》というのは彼女のような人のことを指すのだろう。

彼女は好意的でも悪意的でもない視線で、ただ静かにこちらを見つめていた。

どうして彼女が私を見ているのかはわからないけど、じっと観察されているような気がして落ち着かなくなる。

こちらから視線を外したほうがいいのか、外さないほうがいいのか……とまどいながら見つめ合っていると、健さんが私の腰に手を回してきた。

「会場に移動する」

「え、あ、うん」

いつの間にか、女将さんの説明は終わっていたらしい。

私は娘さんにだけわかるように目礼をしてから、健さんと共に歩きだした。

……彼女がよこした視線に悪い感情はなかったと思うけど、胸の奥が変にざわざわする。

長く懇意にしていたという小早川家と不破旅館。それぞれの家には同じ年頃の息子と娘がいて――。

よくない可能性が浮かびそうになり、慌てて打ち消す。今はおかしな想像をしている場合じゃないのだと、私は自分に強く言い聞かせた。

不破旅館の新館落成式はなごやかな雰囲気で進んでいった。

和風の大広間は畳敷きだったけど、お座敷に合わせたテーブルセットが置かれていて、かしこまった場の空気を少し和らげてくれていた。

純和風のスタイルは本当に素敵だし、憧れる。でも、庶民育ちの私からすると、どうしても敷居が高いように感じてしまうのだ。

不破旅館としてもそういう感覚には気づいていたらしく、純和風と高級感を売りにしている本館とは別に、和洋折衷を取り入れた新館で、新しい顧客層の開拓に乗り出すつもりらしい。

歴史と伝統に頼ってばかりではなく、前向きに挑戦する姿勢は素晴らしいと思う。社長秘書として経営に関わっている私は、不破旅館の戦略に深い感銘を受けていた。

初めに女将さんと、そのご主人である総支配人からの挨拶があり、次に新館の施設紹介映像が流された。そのあと、特別に醸造してもらっているという軽めの地酒で祝杯を挙げて、自由に歓談する。

会場にはかなりの人数の招待客がいたけど、大半が私たちの結婚披露宴にきてくれた人たちだったので、最初に身構えたほど緊張しなくても済んでいた。

式典の目的は不破旅館の新館披露とお祝いだけど、招待客にとっては他業種の経営者や、文化人との交流のチャンスでもある。企業を経営するうえで絶対に必要な人脈を作るために、それぞれが積極的に話しかけ合っていた。

国内のトップ企業の一つである小早川興産は、中でも特に目立つ存在のようで、健さんは歓談が始まってからひっきりなしに声をかけられている。しばらくは彼の横で私も一緒に話を聞いていたけど、そのうち男性陣の話題に飽きたらしいお相手の奥様から、離れて話をしようと誘われた。

窓際に移動して外の日本庭園を眺める。絵画のような自然美に感動していると、隣に立つ奥様がほうっと溜息を吐いた。

「やっぱりこちらのお庭は素敵ねえ。こんなに素晴らしい景色を楽しみもしないで、延々と景気の話なんてしていられないわ。まったく」

奥様はうんざりしている様子で首を横に振る。

ご主人は鉄鋼関係の会社を経営しているそうで、結婚二十五周年の記念旅行で不破旅館を利用してから常連になり、毎年、紅葉の季節に訪れているのだそうだ。

私は奥様の話に同意するためにうなずいた。

「ええ、本当に素敵なお庭ですね。実はあまり詳しくはないのですけど、見ているだけで心が清らかになっていく気がします」

本音を言えば、健さんたちがしている景気動向の話も気になる。しかし、こういう場ではあまり前に出ないほうがよさそうだ。

奥様に目を合わせて微笑むと、彼女は嬉しそうに顔を綻《ほころ》ばせた。

「小早川さんとは長くお付き合いをさせていただいているのだけど、健さんのお嫁さんが急に決まったと聞いて驚いていたの。きっと、あなたがこんなに素敵な方だから、健さんもご結婚を急いだのね」

「……いえ、そんな。まだまだものを知らなくて、お恥ずかしいです。どうかこれから色々と教えてください」

謙遜《けんそん》をして、頭を下げる。いくらなんでも、健さんが条件だけで私を選んだとは言えない。

ますます機嫌をよくしたらしい奥様は、にこにこしながら何度もうなずいた。

「ええ、ええ。私でよければ、いくらでも頼ってちょうだい。でも、本当にあなたが健さんのお嫁さんでよかったわ。……ここであなたにこんなことを言ってはいけないのかもしれないけれど、以前に健さんと噂になっていた方は、お身体があまり丈夫でなかったようだし……大企業の社長夫人を務めるには、どうしてもね」

前に健さんと噂になっていた人……？

突然聞かされた彼の過去の女性の話に、胸の奥がチクリと痛む。

健さんは基本的に無表情で何を考えているのかわかりにくいけど、あれだけの高スペックなんだから、過去に付き合っていた人がいて当然だ。私にも恋愛経験はあるんだし、もう終わったことなら彼を咎《とが》めるつもりもない……と、頭ではわかっているのに、なんだかもやもやしてしまう。

健さんの過去の女性がどんな人で、どうして別れたのか。本当にもう愛情は残っていないのか。詮索したい気持ちがむくむくと湧き上がる。

しかし、奥様に根掘り葉掘り聞くわけにもいかず、私はまるで気にかけていないように、にっこりと笑った。

「そういうことでしたら、ご安心ください。自慢にもならないですけど、私、健康には自信があるんです」

「まあ！　それじゃあ、すぐにでも出産祝いを用意しなければいけなくなるかもしれないわねえ」

ほんの少し冗談めかして胸を張ると、奥様も楽しげに笑い声を立てる。

ひとしきり笑い合ったあと、奥様は庭園の真ん中にある池を指して、大名庭園と枯山水《かれさんすい》の違いについて話し始めた。

二人で庭を眺めて、庭園様式や木々についての薀蓄《うんちく》を聞くのは、知らないことばかりで興味深い。けど、私は奥様の話にあいづちを打ちながら、健さんの過去の女性のことが気になって仕方なくなっていた。


不破旅館の新館落成式がお開きになったあと、出席者はそのまま上階の部屋へと招待された。

私と健さんも同じように新館の一室に案内されるのだと思っていたら、連れていかれたのは、なぜか敷地の奥まった場所にある離れだった。

仲居さんの説明によると、離れは不破旅館の中で最高ランクのお部屋なのだそうだ。専用の広い庭園と露天風呂がついていて、建物自体が背の高い竹林に囲まれているという。世間から隔絶された癒しの場所らしい。

地元の古民家を譲り受けて移築した建物は、豪華さはないものの、時を経た重厚感がある。もちろん宿泊客が快適に過ごせるように全体をリフォームしてあるけど、雰囲気はまったく損なわれていなかった。

どうして私たちだけが特別待遇されているのかわからないまま部屋に通され、私は静謐《せいひつ》という言葉がぴったりのお座敷でぼんやりしていた。

なんだか今日だけで一生分の綺麗なものを見た気がする。もちろん、美しいものに触れるのは好きだし楽しいけど、セレブの価値観に圧倒されて少し疲れてしまった。

「どうした？」

ふいに後ろから話しかけられて振り向く。持参した部屋着に着替えた健さんが、腕時計を外しながら入ってきた。

どうやら寝室のほうでスーツを脱いできたようだ。すぐに備え付けの浴衣を着ないところが、妙にきっちりしている彼らしい。

私はたいしたことじゃないと伝えるために、緩く頭を振った。

「ちょっと疲れただけ」

「ああ。随分と招待客が多かったからな。それだけ不破旅館が新館に懸けているということなんだろう」

そう言って健さんは私に同調してくれるけど、疲れているようには全然見えない。場慣れしているからなのか、体力差なのか、あるいは本当にロボットなのか……何にせよ本当にタフで驚く。

彼は部屋の真ん中に置いてある座卓へ移動して、仲居さんが用意していってくれたお茶に口をつけた。

「きみも飲むといい。うまいぞ」

「うん、ありがと」

ぼそぼそとお礼を言って、健さんの向かいに座る。心の中で仲居さんに感謝をしてからお茶をいただくと、独特の爽やかな香りがふわっと鼻に抜けた。

「……おいしい」

思わず感嘆の声を漏らす。

少しぬるいけど、普段飲んでいるものとは香りが全然違う。お茶は苦みを味わうのではなく、香りと甘みを楽しむものなのだと初めて知った。

きっと、特別な産地から取り寄せた最高級の銘柄なんだろう。もちろん、仲居さんの淹《い》れ方が上手なのもあるけど。

飲み干してしまうのが勿体《もったい》ない気がして、ゆっくり少しずつ口をつける。湯呑《ゆの》み茶碗《ぢゃわん》も特別な品のようで、真っ白な磁器に青い竹の絵付けがされていた。

軽く湯呑み茶椀を持ち上げて、側面を眺める。

「素敵」

ぽつりと感想を呟くと、健さんが今更気づいたように自分の湯呑み茶碗へ目を向けた。

「ここは竹清庵《ちくせいあん》という名がついているからな。それに合わせてあるんだろう」

彼の説明に内心でうなずく。細部にまでこだわりとおもてなしの気持ちが込められているのがわかった。

「……でも、どうして私たちだけ別室なの？　健さんがお願いしたの？」

会話が途切れたのを見計らって、ずっと気になっていたことを聞いてみる。

健さんは湯呑みを座卓の上に置いて、軽く拳を握った。

「正確には俺が頼んだわけじゃない。落成式のあと、そのまま宿泊を勧められたから、できれば少し離れた角《かど》の部屋にしてくれと言っておいただけだ」

「え、なんで？」

一緒に暮らしてみてわかったことだけど、健さんは見た目とは違って、さほど神経質じゃない。旅館の隣室に他のお客さんがいても気にしなさそうなのに、どうして角部屋を指定したのだろう？

私が首をかしげて見つめると、彼は視線を避けるように顔を窓の方へ向けた。

「他と離れた部屋なら、他人の目をあまり気にしなくてもいいからな。こう言ってはなんだが、うちは無駄に目立つんだよ。それに、きみはまだ小早川家としての付き合いに慣れていないだろう。部屋から一歩出ただけで監視されるような環境は好ましくない」

確かに、巨大な企業グループを形成している小早川家の人間は、どこへいっても注目される。加えて、健さん自身がかなりの美形だから、名乗らなくても人の目を集めてしまうのだ。ついでに、彼と一緒にいる私も。

でも、今の健さんの説明だと、もしかして……。

「私のために、部屋を変えてくれたの？」

「いや。離れになったのは旅館側の厚意だ。俺たちが結婚したばかりだから、おそらく祝いの気持ちも含まれているんだろう」

健さんはじっと窓の外を見たまま、少しずれた答えを返してくる。

「うん。でも元々は、健さんが部屋を変更してくれようとしたんでしょう？」

「……ああ、まあ、それはそうだが……俺だけの考えじゃない。親父からも、きみを気遣うように言われていたし……」

だんだん彼の物言いがたどたどしくなっていき、最後のほうは聞き取れないくらいの小声になった。

嘘、まさか……これって、照れてるの？

初めて目の当たりにした健さんの意外な姿に、面食らう。

彼の横顔はいつもと変わらない無表情だし、とても恥ずかしがっているようには見えないけど、そっぽを向いてぼそぼそしゃべっている理由は、きっとそういうことなんだろう。

なんか、嬉しいかも。それに、照れている健さんは可愛い。

「健さん、ありがとう」

「礼なら不破旅館の女将に言うといい」

「もちろん、女将さんにもあとでお礼をするよ。……本当にありがとう、嬉しい」

健さんはまるで他人事《ひとごと》のように受け流しているけど、どうしても感謝の気持ちを伝えたくて言葉を重ねる。合わせて、座卓の上にある彼の手に触れると、驚いたようにピクッと震えた。

指から伝わってくる健さんのぬくもりが、妙に熱く感じるのは気のせいじゃないはず。「やめろ」と言われないのをいいことに、ちょっと力を込めて手首を掴めば、いつもより鼓動が速くなっているのに気づいた。

彼につられて、私の心臓もドキドキし始めた。

「ね……せっかくだし、温泉入ろう。専用露天風呂なら、一緒に入ってもいいんだよね？」

「まあ、内風呂のようなものだから、問題はないはずだが」

感情の籠もらない声でどうでもよさそうに返事をしながらも、繋いだ健さんの手がまた大きく震える。たぶん、温泉に入って触れ合うことを想像しているのだろう。

私は彼に気づかれないように、そっと苦笑する。

表情や話し方よりも、手のほうが素直で感情豊かだなんて、なんだかおかしくて微笑ましかった。


最高ランクの特別室というだけあって、離れ専用の露天風呂は、個人で使っていい場所なのかためらうほど広くて立派だった。

表面がなめらかな岩を組んで作った湯船は、透明なお湯で満たされている。湯船を囲むように様々な広葉樹が植えられ、更にその外側には高い竹林があった。

どんなお天気でも使えるようにか、離れの建物から湯船の上まで屋根がせり出し、休憩用の縁台もある。温泉と景色を楽しむための工夫がされているのだろう。

ちょうど日が傾き始めたところで、淡いオレンジの輝きが竹の隙間から差し込んでいた。

健さんと並んで温泉に浸《つ》かり、そうっと両手でお湯を掬ってみる。無色透明で硫黄の香りはあまりないけど、肌触りがどことなくとろりとしていた。

私は後ろの岩に寄りかかり、空を見上げて息を吐く。

緊張と気疲れでこわばっていた心と身体が温まり、解《ほぐ》れていく気がした。

「すっごく気持ちいいー。日本に生まれてよかったー」

我ながら単純だと思うけど、温泉に入るたびに日本人であることを感謝したくなる。私を生んでくれたお父さんとお母さん、ありがとう。日本で最初に温泉を発見した人か猿にもありがとう。火山に、地球に、宇宙に、とにかく全部にありがとう……！

心の中で意味不明な感謝の念を爆発させていると、すぐ横で健さんが長い溜息を吐いた。つられるようにして視線を向ける。水も滴るいい男を実現しちゃってる彼を見て、私も吐息を漏らした。

前に健さん本人から聞いたところによると、かなり視力が低いらしく、眼鏡を外した彼は目つきが悪くなって普段以上に気難しそうに見える。しかしそれも、慣れた今はクールで格好いいと感じた。

……これだけイケメンなんだから、過去の女性の一人や二人は普通にいるよね。

健さんの格好よさを再認識した途端、さっきの懇親会で聞いた話を思い出してしまう。私に日本庭園の様式について教えてくれた奥様は「以前に健さんと噂になっていた方」がいたと言っていた。

身体が弱く、大企業の後継者の妻には向かないと思われていたらしいその女性は、一体誰なんだろう？　縁談で紹介された人ではないはずだし、健さんと普通に恋愛をして結婚を反対されたの？

自分のことを棚に上げて、彼の過去を詮索するのがいいことじゃないのはわかってる。健さんが条件だけで縁談の相手を選んだのと同じように、私だって借金を肩代わりしてもらうために結婚すると決めたのだから。

……だけど、胸の奥がチクチクと痛む。

きっと健さんは、相手の女性を純粋に愛していたのだろう。会社や家のことなんて関係なく。名前も顔も知らないその女性を想像した時、自分でもなんなのかわからない焦りのような感情を覚えた。

「……ねえ、健さん……ギュッてして」

お湯の中で彼に擦り寄って、お願いする。

健さんはほんの少しだけ意外そうに私の顔を見つめてから、優しく肩を抱いてくれた。

「こうか？」

仕草と声から、彼のとまどいが伝わってくる。今までこんなふうに甘えたことがなかったから、どうしたらいいのかわからないようだ。

不器用な健さんは可愛くて、愛おしい。

私は彼の胸に飛び込むようにしてすがりつき「もっと強く」とねだった。

健さんはそっと私をかかえ込んで、じわじわと力を込めてくる。はっきり言ってもどかしいけど、それだけ大事にされているように思えて嬉しくなった。

彼の肩に額を押しつけて目を閉じる。お湯の流れる音と、竹林を吹き抜ける風、そして健さんの鼓動に耳を澄ませた。

しばらくそうして寄り添っていたけど、だんだん彼の呼吸が荒くなってきた。

「あ、のぼせてきちゃった？」

お湯の温度はぬるめだけど、ぴったりくっついていたせいで暑かったのかもしれない。慌てて身体を離して立ち上がりかけたところで、私の膝頭が彼の足の付け根にぶつかってしまった。

「うっ」

硬い弾力を感じるのと同時に、健さんが小さく呻く。

「やっ、嘘⁉　ごめん、大丈夫？　痛い？」

思いきり蹴飛ばしたわけじゃないけど、敏感な場所だから不安になる。

健さんの顔を覗き込むと、彼は眉根を寄せ、手の甲で口元を隠していた。苦しそうに伏せられた目は潤んでいて、目元から耳までが真っ赤に染まっている。その様子は痛がっているというよりはむしろ……。

「もしかして、気持ちよかった？」

まさかと思いながら問いかけると、健さんの肩があからさまにビクッと跳ね上がった。

無言で首を横に振る彼を無視して、股間に手を伸ばす。手のひらに触れたものは硬く膨らんで、その存在を主張していた。

「……大きくなってる」

「いや、それは、ちが」

「痛いのがよかったの？　足でされるのがいいの？　それとも両方？」

言いわけを始めた健さんの声を遮り、問い詰める。そわそわと視線をさまよわせる姿に、私の中のエスっぽい部分が反応した。

私は健さんの手を引いて立ち上がる。ちょうど腰かけられるくらいの高さの岩があるところまで移動して座り、すぐ目の前の湯船を指差した。

「健さんはそこにしゃがんで」

「え、何を」

「早く」

少し強めに命令すると、彼は素直に応じてくれた。

岩に座って膝から下だけをお湯に入れた私と、向かい側で膝をついて胸まで浸かっている健さん。普通に温泉を楽しんでいるように見えるけど、二人の間には淫靡《いんび》な空気が漂っていた。

私は上半身を屈めて、健さんの唇に触れるだけのキスをする。まだ状況がよくわかっていないならしい彼に目を合わせて、優しく微笑んだ。

「動いちゃだめだよ。あ、でも、のぼせそうな時は言ってね」

言葉で健さんを縛りつけて、身体を起こす。私は見せつけるように右足をゆっくりと動かして、彼の足の間で昂っているものを、つまさきでそっと擦り上げた。

健さんが息を呑んだのと同時に、私の足に触れているものがビクビクと痙攣する。反り返った裏側を、足の甲で繰り返し撫でていると、彼は身をこわばらせて小さく喘ぎを上げ始めた。

足は手ほど器用に動かないから、実際にはたいした刺激じゃないはずだ。でも、健さんは足で嬲られているという状況に興奮しているのだろう。

かなりのエムなのか、元々の足フェチなのかは知らないけど、息を乱して顔を歪ませる彼は可愛い。私は一度足を離して、今度は彼の表側に足の裏を当てた。

じわじわと力をかけて、湯船の底に押しつけるようにする。踏みつけて傷つけることはしたくないから、あくまで優しく。

僅かに足を引いて、先端のくびれているところを親指と人差し指の間に挟み込むと、彼は熱っぽい吐息をこぼした。

「う、あ……」

「あ、もう。そんな声を出したらだめ。誰かに聞かれるよ。覗かれたり、旅館の人がきたりするかも」

彼の耳元に口を寄せて、ここが家ではなく外なのだとうそぶく。

実際には竹林に囲まれていて誰かに見られることはないし、もし外側に旅館の人がいても、よほど大声でなければ聞こえるはずがない。けど、健さんは私の煽りを真に受けて、唇を噛んだ。

わざと足に体重をかけながら、前のめりになり、健さんの耳たぶを噛む。やっぱりちょっと痛いのも好きなようで、足の下のものが一層硬くなった。

少し強めに踏み込んでは引くのを続けて、時折、耳を舐めたり、ついでのように手を伸ばして乳首を摘んで捻ってみたりする。

やがて限界が迫ってきたのか、健さんの眉間に深い皺が刻まれた。

きつく閉じた瞼と引き結んだ口元。ほとんど変わることがない彼の顔を、私の行為で歪ませていると思うとゾクゾクした悦びが込み上げてきた。

「ねえ、健さん。気持ちいい？　……こうやって、もっと強くしたらどうかな」

彼の状態にまるで気づいていないように装い、絶頂を促すために足を動かす。足の指を丸めて軽く爪を立てると、健さんが目に見えて焦りだした。

「あ、もう、これ以上はだめだ……！」

彼が降参したのを見た私は、サッと足を外す。そのまま身体を横にずらして立ち上がった。

「そっか。じゃあ、上がろう」

「え」

「ここでするわけにはいかないでしょ？」

驚く健さんを見下ろして、にっこり笑う。いたぶられて放置される彼を少し不憫《ふびん》に思ったけど、あえて無視して先に湯船から上がった。

あらかじめ用意してあったバスタオルを身体に巻きつけ、何もなかったように「夕飯はどんなのが出るのかなー」なんて、全然関係ない独り言を漏らす。

このあと健さんがどうするのかを想像して、私は密かに胸を高鳴らせていた。

欲望をかかえたまま火照った自身を抑えて耐えるのか、あるいは屈服して自分で慰めるのか。

自尊心の高そうな彼は我慢するほうを選ぶ気がするけど、それでは熱が冷めずに苛まれ続けるだろう。逆に独りで欲を発散させるのも、屈辱的で耐えがたいはずだ。

どちらにしても健さんの可愛い姿が見られそうで、ドキドキする。

湿った髪を拭くために、もう一枚のタオルへ手を伸ばしかけたところで、背後からお湯の波立つ音が聞こえた。

きっと、健さんが立ち上がったのだろう。

彼がどんな表情をしているのか見てみたくて振り返ろうとしたけど、姿を確認するより前に、後ろから抱きすくめられた。

一瞬、呼吸が止まるほどの強さに顔をしかめる。

「んっ、健さ……⁉」

何事かと思い彼の名を口にしたけど、言い終わらないうちに引き摺《ず》られて、縁台に押し倒された。

予想外の展開に唖然とする。驚きで何もできないでいるうちに、健さんは私のバスタオルの裾をめくって足を開き、秘部に顔を埋めた。

無遠慮に舐め上げられて、思わず甲高い声を上げた。

「ひゃっ、あんっ！」

健さんは噛みつくみたいに吸いついて、綻んだ割れ目に舌を挿し込んでくる。ビリビリした快感が突き抜けて、じんと頭の奥が痺れた。

さっきまでの行為で焦らされていたのは、私も同じだったと今更思い知らされる。健さんの舌で暴かれた窪みから、とろりと蜜が滴り落ちていった。

まさか、彼が我慢も自慰もせず、私に襲いかかるとは考えてもいなかった。

けど、これはこれでいいとも思う。欲望に呑まれて、獣《けもの》みたいに私を求める健さんは、弱りきっている姿よりも素敵だった。

私の中から滲み出た蜜と、彼の唾液が混じり合って、はしたない水音が立つ。健さんは夢中で私の足の付け根を舐め回し、敏感な突起を吸い上げて歯を立ててきた。

余裕なんてない激しい愛撫で一気に感覚が極まる。私は縁台に両足を突いて仰け反り、大きく身体を震わせた。

「う、ん――……っ！」

全身の筋肉がぎゅうっとこわばって、汗が噴き出す。きつく閉じた瞼の裏が白く輝くのを感じて、自分が達したのを知った。

健さんは私がイッたことに構わず、攻める手を緩めない。昂ったまま更に快楽を注がれ、また昇り詰めた。

「ふっう、うぅ――!!」

両手で口を押さえて、声を堪える。本当は「ちょっと休ませてほしい」と言いたいけど、口を開いた途端にあられもない叫びを上げてしまいそうだ。

さすがに女の悲鳴が聞こえたら、誰かが駆けつけてくるに違いない。それは困る。

そんな私の状態なんて知るはずがない健さんは、秘部の突起を舌先でいたぶりながら、中に指を挿し入れてきた。

あ――……。

心の中で声を上げるのと同時に、ビクンビクンと身体が跳ねた。

健さんの長い指で、ためらいなく最奥まで開かれ、熱いような痛いような痺れが広がる。しかし、それはすぐに快感へと変わっていく。

いつもとは違う性急な愛撫。それでも私の中を解《ほぐ》そうとしてくれるのは、きっと彼の優しさなんだろう。

何もしなくても疼《うず》くほど硬くしこった肉芽を舐められ、内側の一番敏感なところを擦られるのは、狂いそうなくらい気持ちいい。

体内の熱が破裂しそうになっているのを悟り、私は大きく首を左右に振った。

「あ、ひっ……やぁ、くる……！　だめっ、出ちゃ……ぁ、あ、あぁ……っ」

また快感の果てに投げ出された身体から、潮が噴き出す。健さんを汚してしまうことに抵抗を感じたけど、堰《せき》を切ったように溢れる水は止めようがない。

すべてを吐き出してぐったりしていると、健さんが口元を拭《ぬぐ》いながら身体を起こした。

イキすぎて潤んだ目を彼に向ける。覆い被さってきた健さんは、欲望にまみれた瞳で私を見下ろしていた。

何も言われなくても、強く求められているのがわかる。

彼の中に私への愛情がないことは最初から知っているし、単に生理的な欲求をぶつけているだけだというのも承知の上だ。それでもドキドキして身体が熱くなる。激しく私を望んで、貪《むさぼ》ってほしいと思ってしまう。

健さんに向かって両手を伸ばす。

彼は私を一度きつく抱き締めたあと、猛々《たけだけ》しい楔を私の秘部に押し当ててきた。

割れ目を押し開く熱を感じて、クラクラする……。つらいのに、健さんともっと近くで触れ合いたい……。

私は震える両足を持ち上げて、彼の腰に巻きつけた。

「健、さん」

そのままきて。私の奥の奥まで。

「唯香……っ」

声には出さなくても私の願いが届いたようで、健さんの喉が大きく動く。次の刹那《せつな》、入り口で止まっていた彼が一息に突き進んできた。

柔らかく潤む隘路を割り開き、灼熱《しゃくねつ》がずぶずぶと沈み込む。あまりの衝撃で一瞬、意識が飛びかけた。

中の締めつけで私がイッたことに気づいたのか、健さんが苦しげな声で「まだだ」と呟く。なんのことか理解する間もなく、彼は激しく腰を打ちつけ始めた。

抜き挿しのたびに縁台が軋《きし》み、同時にグチュグチュと粘ついた水音が響く。

健さんの太いもので内側全体を擦られて、甘く苦しい感覚が噴き上がった。

「はっ、あ、うっ……ぁ、や、だめ……よすぎて、声、出ちゃう……」

必死で喘ぎ声を堪えようとするけど、息切れのせいで口が閉じられない。ブルブルと頭を振って弱音を吐くと、健さんがキスで唇を塞いでくれた。

口を覆われたおかげで悲鳴を上げる心配はなくなったけど、今度は酸欠に陥って眩暈《めまい》がひどくなる。

つらくて、気持ちよくて、全身がバラバラになりそう。なのに、やめてほしくない。いっそこのまま壊されてもいいと思ってしまう。

快楽で朦朧としながら、衝動的な破滅願望に浸っていると、健さんの動きが更に激しくなってきた。きっとイキそうなんだろう。

彼は容赦なく私の中を抉りながら、片手で乳房を鷲掴《わしづか》みにして揉みしだいた。

ちょっと痛い気がする……けど、その痛みさえ快感に繋がる。

硬く張り詰めた彼のものを突き立てられては引き抜かれ、重なり合う秘部の隙間から、淫水が絶え間なく流れ落ちていた。

お漏らしをしたみたいで恥ずかしいけど、こわばって痙攣する下半身は、もう自分の意思ではどうにもできない。快楽に溺れ、ただ健さんの思うままに揺さぶられていると、お腹の中の熱が急激に圧縮されていくような感覚に襲われた。

自分の中がどうなっているのかはわからないけど、本能的に限界だと悟った。

もう、だめ、助けて――……。

とっさに腕と脚で健さんにしがみつく。同時に、すべての感覚が弾けて、私は白い無の世界に飛ばされた。

「ん、ううぅぅ――っ‼」

ひどい唸り声を上げて昇り詰めたあと、がくんと力が抜ける。一時、動きを止めた心臓が、思い出したように拍動し始めた。

自分の胸の音が耳にうるさい。鼓動の向こうで健さんの呻く声が聞こえたあと、私の中でぶるりと彼が震えた。

健さんの絶頂の証が内側で広がっていくのを感じる。

脱力して縁台に手足を投げ出した私は、ひたすら呼吸を繰り返しながら、与えられた彼の熱に酔いしれていた。


露天風呂で健さんと抱き合い、すっかり疲れてしまった私は、夕飯の時間まで横になって過ごした。

庭がよく見える掃き出し窓の手前に、座布団を並べて寝そべる。

眠くはないけど、だるさを持てあまして、ぼんやり庭を眺めていると、傍らに座った健さんが団扇《うちわ》で肩の辺りをあおいでくれた。

湯あたりを起こしたわけじゃないから冷やさなくてもいいんだけど、彼の気遣いが嬉しい。

私が小さく「ありがとう」と言うと、健さんは短く「ああ」と返してきた。

それ以上、お互いに何も言わない。だけど、健さんとわかりあえたような気がして、深い安らぎを覚えた。

夕食には、地元産の旬の素材をふんだんに使った会席料理が出された。

根菜の蒸し物に、柿なます。近くの農家さんから仕入れているという本わさびを添えたお造り。暦《こよみ》の上ではもう秋だけど、まだまだ気温は高いからか、茶碗蒸《ちゃわんむ》しは冷たくしてあった。

海老《えび》のすり身を中に入れた葛饅頭《くずまんじゆう》と、子持ち鮎《あゆ》の塩焼き。メインは地域のブランド牛の石板《せきばん》焼きだった。それに、契約農家で特別に栽培してもらっているというお米を炊いたご飯と、自家製味噌《みそ》で作ったお味噌汁《みそしる》、季節のフルーツがついてくる。

こんなに贅沢《ぜいたく》をしていいのかと少し不安になりながら、私は心尽くしのお料理を楽しんだ。向かい側で同じものを食べていた健さんは、やっぱり無表情だったけど。

夕食をいただいてくつろいだあと、私は一人で露天風呂に入った。

もう一度、健さんと一緒に入りたいとも思ったけど、またエッチな気分になったら、さすがに困る。ロボットみたいにタフな彼と違って、私は人間並みの体力しかないのだ。

まあ、女性の中では元気なほうだと思うけど、あんなに激しい交わりを何度もしたら、休み明けの仕事に差し支えそうだった。

私は時間を気にせず、ゆったりと温泉に浸かったあと、ほどよい疲労感のまま寝室に敷かれた布団に潜り込む。

並べて敷かれたもう一組の布団で健さんが横になっていたけど「仕事で急な問い合わせがあった」と言って、スマホを操作していた。

元々イケメンだけど、仕事をしている時の彼は輪をかけて格好いい。同じ無表情でも、目の真剣さが違う。

……本当に仕事を大事にしているんだなあ……。

初めて会った時に「時間のほとんどを仕事に費やしている状態」で「家族と過ごせる時間が少ない」と言いきっていたのを見て、ありえないと憤慨したけど、こんなふうに一生懸命な姿を見せられれば納得するしかない。

私は彼に気づかれないように、そっと苦笑いをして寝返りを打つ。

ほんの少しだけ寂しいと感じたことは、心の奥に押し込めて目を閉じた。


……お水飲みたい。

深い眠りの中で喉の渇きを覚えた私は、一度キュッと顔をしかめてから、ゆっくりと瞼を上げた。

外はまだ暗いけど、何時かな？

私はのろのろと起き上がり、軽く首を横に振った。

部屋の灯りは消されている。でも、障子の隙間から差し込む月明かりのおかげで真っ暗闇じゃなかった。

闇に慣れた目を隣に向けて、健さんの姿を確認しようとした……けど、布団はもぬけの殻《から》になっている。なんとなくシーツに手を伸ばすと、彼のぬくもりはなく、ひんやりしていた。

どこにいったんだろう。

私が寝る前に言っていた「仕事の問い合わせ」がこじれているのかもしれないと思い、心配になった。

寝起きでふらつく足を踏ん張り、寝室を出る。やはり健さんは起きているようで、廊下の灯りはついていた。

急にまぶしい場所に出たせいで目を開けていられない。うつむいて何度かまばたきをしていると、どこからか人の話し声が聞こえてきた。

まだしょぼしょぼする目で周囲を見回し、声の方向を探る。凄く小さく聞こえるのは、声の主が外にいるからのようだ。

健さんが、私を起こさないように気を遣って、外で電話をしているのかもしれない。

盗み聞きはよくないと思いつつ、静かすぎる空間に響く人の声は、どうしても気になってしまう。

できるだけ耳に入れないようにしながら水を汲《く》みにいこうと歩きだしたところで、男性のものではない、か細い声が聞こえた。

電話じゃなくて、誰か……女の人と話をしてる？

会話の相手が女性だと知った途端に、胸の奥が締めつけられるように苦しくなった。

……何か用があって、仲居さんを呼んだだけ。たぶん、きっと、そう。

私は一番ありそうな可能性を思い浮かべて、大きくうなずく。それでも妙な胸騒ぎが収まらない。

「どうしたのか、確認するだけならいいよね……？」

言いわけをするように自分自身に問いかけて、離れの玄関へと近づく。引き戸をほんの少し開けて外に目を向けると、本館へと続く小道に人影が見えた。

浴衣姿の背の高い男性は健さんだ。そしてその隣に、華やかな藤柄の着物を着た若い女性が立っていた。

あ……！

この旅館に到着した時の光景が、パッと蘇《よみがえ》る。女将さんから挨拶と説明を受けていた間、私をじっと見つめていた人だった。

小早川家と長く懇意にしているという不破旅館の娘さんだから、健さんの個人的な知り合いでもおかしくはない。けど、こんな夜遅くに二人きりで会っているのはどうして？　……まるで、やましいことがあるみたいに。

焦りと恐怖が込み上げて、叫びだしてしまいそうになる。私は両手で引き戸にしがみつき、ぐっと歯を噛み締めた。

健さんが他の女性といるところなんて見たくないのに、目が離せない。

小道を照らす淡いオレンジ色の光の中で、女性は優雅に微笑んだ。

「……初めてお会いしたけれど、健くんの奥様、素敵な方ね。無理を言って連れてきてもらってよかったわ」

二人が私のことを話していると知り、ぎくりと身がこわばる。

知りたくなかったけど、彼女は彼を「健くん」と呼ぶほど親しい関係のようだ。

「よせよ」

どこか楽しげな様子の女性と、ちょっとぶっきらぼうに返事をする健さん。いつも平坦だった彼の声に、感情が籠もっているのはたぶん気のせいじゃない。

女性は少し意外そうに眉を跳ね上げて、口元を手で覆った。

「あら。そんなに恥ずかしがらなくてもいいでしょう？　どうせ今は私しか見ていないのだし、思う存分のろけても大丈夫よ」

からかうような調子でそう言った女性に対して、健さんはわずらわしいと言わんばかりに眉根を寄せる。

「誰がするか。それに、俺と唯香はそういう関係じゃない」

健さんの拗ねたような表情と口調に、頭を殴られたみたいな気持ちになった。

快感に酔っていない時は、ずっと無表情だったのに……彼女の前では感情を露わにしている。

それはつまり、あの女性が健さんにとって特別だということなんだろう。妻である私よりも。

ひどい寒気を感じて、カタカタと身体が震えだした。気づいてしまった事実が、私の心を切り刻んでいく。

私がこっそり見ているなんて知らない女性は、眉尻を下げてゆるゆると頭を振った。

「健くんたら、まだ本当のことを教えていないのね？　いくら私たちの関係を知らないといっても、それでは奥様が可哀想だわ。もう終わったことだけれど、誰の口から噂が伝わるかわからないのに」

今は終わってしまった彼女と健さんの関係……噂……本当のこと……。

恐怖と混乱で茫然としている私の耳に、嫌なフレーズが次々と飛び込んでくる。

健さんはますます顔をしかめて、腕を組んだ。

「俺たちのことは放っておいてくれ。それより、沙知絵《さちえ》こそどうなんだ？」

今更、女性が沙知絵さんという名前だと知った。健さんが彼女を呼び捨てにしていることも。

沙知絵さんは、健さんの問いかけにふんわりと笑った。

「……私もね、結婚するの。お式は来年になると思うけれど」

「なっ……誰とだ⁉」

彼女の返事を聞いた健さんが、反射的に声を荒らげる。彼の顔には、はっきりと焦りが浮かんでいた。

沙知絵さんは初め健さんの反応に驚いて目を瞠ったけど、すぐにまた顔を綻ばせる。

「嫌だわ、健くんは本当に心配性なんだから。大丈夫よ。お相手はあなたもよく知っている人なの」

「……本当か?」

「ええ」

真剣な表情で彼女を見つめていた健さんが、安心したように息を吐いて肩の力を抜く。同時に深くうなだれて「そうか」と呟いた。

次に顔を上げた時、彼はこれまでに見たことがないほど晴れやかな表情をしていた。

「よかったな」

沙知絵さんも同じように、翳《かげ》りのない顔でうなずく。

「うん。……今まで、本当にありがとう。健くんのおかげで私もやっと前に進めるわ」

「いいさ。俺も沙知絵の存在に助けられていたからな。お互い様だろう」

二人がなんの話をしているのか、私にはわからない。けど、まるで長く一緒にいた恋人同士の別れ話みたいに聞こえる。

もしも本当に健さんと沙知絵さんが付き合っていたのだとしても、過去の話なんだから私には関係ないことだ。彼は私と結婚して、彼女は近いうちに別の人と一緒になると言うのだし、今飛び出していって咎《とが》めたり、嫉妬めいた感情をぶつけたりするのはおかしい。

そう、わかってる。だけど、胸が苦しい。

他に誰もいない夜の小道で、互いの目を見つめ微笑み合う二人から、私は顔を背《そむ》けた。ここで見ていたことに気づかれないよう、そっと引き戸を閉めて、寝室へと引き返す。

喉の渇きなんて、もうどうでもいい。

私はふらふらしながら布団に潜り込み、背中を丸めてギュッと目を瞑った。

何も見なかったことにして寝てしまいたいのに、沙知絵さんの前で、穏やかな表情をしていた健さんの姿が脳裏に浮かぶ。

私には見せてくれない、人間らしい笑顔。まるで別人のような彼は、労わりの籠もった優しい目で彼女を見ていた。

鳩尾《みぞおち》の辺りが痛くて、瞳が潤む。

条件だけで結婚した私たちの間に、愛情がないのは最初からわかっていたこと。だけど、つらくて悲しくて……。

私はやり場のない気持ちをかかえたまま、暗闇の中で息を潜めることしかできなかった。

第五章

土曜の夜に健さんと沙知絵さんが密会しているのを見てからというもの、私の気持ちはずっと落ち込んだままだった。

丸一日が過ぎても気分は晴れず、月曜の今日になってもスッキリしない。

口数が少なくなったせいか、健さんにも様子がおかしいと気づかれたけど、平気だと言い張るしかなかった。

いつも通り加納製作所へ出勤した私は、お母さんと一緒に週明けの会議をこなしたあと、自分のデスクに戻って議事録を纏めていた。

秘書用のデスクといっても、秘書室なんて立派なものは作れないから、社長室の隅にスチール製の作業台とパソコン、プリンターが置いてあるだけだ。

部屋の真ん中にある社長用のデスクでは、お母さんが決済書類の確認をしていた。

私たちはそれぞれの仕事を黙々とこなす。

無駄話をしないぶん効率は上がるけど、静かな環境で単調な作業をするのは、つい余計なことを考えてしまう。

仕事中でも、思い出されるのは健さんと沙知絵さんの件だ。

くよくよと悩んだってどうにもならないとわかっているけど、彼女に対して微笑んでいた健さんの姿が、頭から消えてくれなかった。

私が健さんと沙知絵さんに感じている焦りは、やきもちで間違いない。少し前から彼に惹《ひ》かれ始めていると自覚はしていたけど、いつの間にこれほど強い想《おも》いを寄せていたのかと驚いてしまった。

できあがった議事録のデータを確認しながら、はあっと無意識に溜息を漏らす。

思いきり息を吐き出したせいで、お母さんが顔を上げた。

「唯香ちゃん、大丈夫？　疲れているの？」

いつも仕事中は苗字で呼ぶように注意しているけど、また、お母さんは私の名前を口にする。

今、健さんのことで頭が一杯の私には訂正する気力がなくて、首を横に振って「大丈夫」と返すしかできなかった。

お母さんは、私の返事をまるで信じていないらしく、ますます困り顔をして自分の頬に手を添えた。

「もう。唯香ちゃんはすぐそうやって強がっちゃうんだから……。だめよ。つらい時はちゃんとお休みしなきゃ」

お母さんのオーバーな反応に、もう一度、頭を振る。

「違うの。疲れているとか、体調不良とかじゃなくて。悩み事みたいな感じ」

今の状態を口に出してから、自分もプライベートと同じ話し方になっていたと気づいた。どうやら私は、仕事のオンとオフが切り替えられなくなるくらい参っているらしい。

額に手を当てて、前髪をくしゃりと握り締める。

夫婦関係の悩みで仕事に支障をきたすなんて、我ながら情けない。

少しの間、目を瞑り、自分の弱さに打ちのめされていると、そっと頭を撫でられた。

ハッとして瞼を上げる。いつの間にかすぐ傍にお母さんが立っていて、優しげな表情で私を見下ろしていた。

「……結婚して三ヶ月だもの。ちょっぴり倦怠期《けんたい》なんじゃない？」

「え？」

「どんなに仲がいい夫婦でも、そういうのってあるのよねえ」

人生の先輩であるお母さんは、訳知り顔でうんうんとうなずいている。

私が気になっているのは健さんが過去に交際していたらしき沙知絵さんのことであって、倦怠期とは違う。けど、嫉妬に苛まれる自分が格好悪すぎて本当のことは言えないから、あいまいに苦笑いを返した。

「うん。……でも、なんていうか、何もかも違ってて」

思わず、独り言が口からこぼれる。

沙知絵さんは着物が似合う美人で、全体的にはかない感じがした。おしとやかな、守ってあげたくなる女性だ。

対して、私は吊り目で、外見通りに気が強い。守ってもらうどころか、酔い潰れた夫を縛り上げて襲ったこともある。……まあ、実はエム気質だったらしい健さんは、それでも興奮していたけど。

心の中で沙知絵さんと自分を比べて、また落ち込む。

そんな私を見たお母さんは、ふんわりと微笑んだ。

「大丈夫よー。今は少しつらい時期なだけ。育った環境が違っていても、一緒に暮らしているうちにだんだん馴染んでくるものだから」

お母さんは私の独り言を、健さんとの関係に悩んでいるのだと思ったらしい。続けて、ニコッと笑って、茶目《ちゃめ》っ気《け》たっぷりに片目を瞑った。

「それにね、健さんは唯香ちゃんのこと、すっごく愛してくれてるんだもの。なんにも心配いらないわ。唯香ちゃんに片想いしちゃって、どーしても結婚したいから紹介してって言われた時は、お母さんびっくりしちゃった！」

お母さんは両手で口元を隠して「きゃー」とミーハーっぽい声を上げる。

初めて聞いた話に、私はパチパチとまばたきを繰り返した。

「あら。直接聞いていないの？　健さん、前に仕事で唯香ちゃんに会ったことがあるらしくって、その時に一目惚《ひとめぼ》れしちゃったみたいよ。それで、彼がご両親に頼んで、あの食事会をしたのよ」

「……なんのこと？」

一目惚れ⁉　あの健さんが？

お母さんの口から語られる甘ったるい内容に、ぎょっとする。夢のようで乙女チックな話を聞かされ、反射的に「嘘くさい！」と叫びそうになった。

……というか、実際に嘘なんだろう。

いくら健さんでも、縁談相手の家族に「自分の家と会社にとって都合がいいから選んだ」とは言えないから、適当な話をでっち上げたに違いない。

だいたい、小早川興産と加納製作所は直接取引をしていないし、会社の規模が違いすぎて顔を合わせる機会なんてないのだ。見たこともない相手にどうやって一目惚れするというのか。

「そんなわけないでしょ。本人が条件だけで結婚相手を決めたって言ってたよ」

溜息を吐きながら首を横に振ると、お母さんは堪えきれないというふうに小さく噴き出した。

「まあ、健さんったら。きっと恥ずかしくて本当のことが言えなかったのね。すっごく照れ屋さんなんだって、お父様もおっしゃっていたもの」

「ええー……」

天真爛漫で常にふんわりしているお母さんは、健さんの作り話を信じきっているらしく、微笑ましいと言わんばかりにクスクス笑い続ける。

反論する気も失《う》せて肩を落とすと、お母さんは仕切り直すようにふうっと息を吐いて、軽く首をかしげた。

「こう言ってはなんだけど……うちは小早川家の政略結婚のお相手になれるようなレベルじゃないのよねえ。唯香ちゃんはもちろん可愛くって素敵よ。だから健さんが一目惚れしたのは納得だけど、加納家では彼のお家と会社のお役には立てないでしょう?」

お母さんの指摘にハッとする。確かにその通りだ。

健さんは小早川興産の邪魔にならないように、小さい規模の会社を経営している家の娘を妻にしたいと言っていたけど、そんなところはいくらでもある。何も面識のない私を選ぶ必要なんてないはずなのに……。しかも、三億円の借金を肩代わりしてまで。

どうして彼は私と結婚したの?

今更な疑問が湧き上がる。一瞬、健さんが私に一目惚れをしたという話を信じそうになったけど、状況的にありえなかった。

もしかしたら、本当に誰でもよかったのかもしれない。

健さんが出した条件に合う女性たちの中で、親の知人の娘だから決めただけ。縁談を持ちかけたあとで借金のことを知ったけど、引っ込みがつかなくなってしまった、とか。

妙にしっくりくる可能性を思いついてうなだれた。誰でもよかった、だなんて一番よくないパターンな気がする。

私は両手で頬杖《ほおづえ》をついて、自分の頭を無理やり持ち上げた。

「ねえ、お母さん。前に健さんのお父さんとは昔の知り合いだって言ってたけど、どういう関係なの？」

お見合いから結婚するまでバタバタしていたせいで、お母さんと小早川さんの関係を確かめていなかった。結婚後は自分の生活に精一杯で気にする余裕がなく、今の今まですっかり忘れていた。

私に質問をぶつけられたお母さんは、ゆるゆると首を横に振る。

「実は健さんのお父様とは、それほど親しくしていなかったの。昔、何度かお会いしたことはあったけれど、元々はお母様と学生時代に同級生で。でも彼女はあまり身体が丈夫じゃなくってね。唯香ちゃんと健さんの顔合わせの時も、風邪をひいてこられなかったのよ」

「そうなんだ」

初めて聞く話にあいづちを打ちながら、健さんのお母さんを脳裏に描く。離れて暮らしているから頻繁《ひんぱん》に会うことはないけど、色白でほっそりしていて繊細そうな雰囲気を持つ人だった。

お母さんはサッと眉尻を下げてうなずく。

「ご主人とは大恋愛の末に結婚したのだけど、昔のことだから家柄が釣り合っていないとか、大企業の社長夫人にはふさわしくないとか、色々言う人がいて……そういうストレスが重なっている中で健さんを産んだものだから、ますます弱ってしまってね。私もちょうど結婚したばかりで忙しくて、だんだん疎遠になっちゃったのよ」

お母さんが結婚した頃に疎遠になったということは、二十五年くらい前の話だ。昔の知り合いだというのは聞いていたけど、私が生まれる前のことだとは思っていなかった。

「そんなに長い間、付き合っていなかったのに、お見合いの話がきたの？」

「あ、年賀状はずっとやり取りしていたのよ。それに、うちのお父さんが亡くなった時にも、お二人できてくださってね。私たちのことを心配して、何か力になりたいって言ってくれて、とっても嬉しかったわ」

当時を思い出しているのか、お母さんは遠くを見るように目を細める。

お父さんのお葬式の時は、慌ただしすぎて弔問客の顔を確認する暇もなかったけど、健さんのご両親がきてくれていたらしい。

私たちに向けられていた思いやりを知って、感謝の気持ちが胸に溢れる。でも、同時に妙な引っかかりを覚えた。

自分でもはっきりしない、もやもやした感情。なんだろう、わからない。だけど今の話の何かが気になる。

掴めそうで掴めないもどかしい思いに首を捻っていると、私の思考を断ち切るように内線電話の着信音が鳴りだした。

プライベートのことですっかり話し込んでしまったけど、今が仕事中だったと思い出す。慌てて頭を切り替えた私は、受話器を取り上げて耳に当てた。


ちょっと私的な悩み事をかかえているだけで、体調が悪いわけでもないのに、お母さんの指示で午後を休みにされてしまった。

私は大げさだと反論したけど、上司の命令では逆らえない。結局、しぶしぶ有給休暇を申請して、家に帰るはめになった。

有給休暇なんて初めてのことで、なんだかそわそわしてしまう。私は落ち着かない気持ちのまま自宅まで戻り、玄関のドアを開けた。

三和土に私のものじゃない女性用の黒い靴が並んでいるのを見て、昼は家政婦さんがきていることを思い出した。

物音に気づいたらしい家政婦さんが、リビングから顔を出す。目が合った瞬間、彼女はパッと顔を綻ばせた。

「おかえりなさいませ！」

「あ、ただいま戻りました」

足を揃《そろ》えて、ぺこりとおじぎをする。

家政婦さんは私の態度に少し目を瞠ったあと、またニコッと微笑んだ。

「そんなにかしこまらないでください。私は使用人なんですから」

「……はい」

私は苦笑いをして、少し肩をすくめる。

これまで小早川家の本宅で働いていたという椎名《しいな》さんは、四十代半ばのベテラン家政婦さんだ。健さんと私が新居を構えるということで、特別に本宅からこちらへ異動してもらったらしい。

月曜から金曜までの昼にやってきて、掃除と洗濯、夕飯の準備をしてくれている。

健さんも私も、朝早く出勤して夜にしか戻らない生活をしているから、椎名さんに会うことは稀《まれ》だった。

加納家は家政婦さんを頼まなければいけないほど大きな家に住んでいるわけじゃないし、金銭的な余裕もないしで、家の中のことはすべて自分たちでやっている。なので、私はいまだに、家事をお任せするという環境に慣れていなかった。

「あの、えと、今日は仕事が早く終わって……」

悩み事にかまけてぼんやりしていたせいで早退させられた、なんて、みっともなくて言えない。私がぼそぼそと嘘の理由を口にすると、椎名さんは笑みを浮かべたままうなずいた。

「それは何よりでしたね。コーヒーでもお淹れしましょうか？」

「あ、はい。お願いします」

「かしこまりました。どちらにお持ちいたしましょう？」

「えっ、いえ、運んでもらわなくて大丈夫です。ダイニングでいただきます」

慌ててプルプルと頭を振る。

椎名さんはもう一度「かしこまりました」と言い置いて、キッチンに向かっていった。

独りきりになった廊下で、小さく息を吐く。至れり尽くせりな環境は楽だし、本当にありがたい。でも、やっぱり申し訳ないような気持ちがなくなることはなかった。


仕事用のスーツから部屋着に着替えてダイニングへいくと、コーヒーのいい香りが漂っていた。

見れば、ダイニングテーブルの上に、コーヒーとチョコレートが用意してある。テーブルの傍らに立つ椎名さんが、柔らかい表情で迎えてくれた。

「どうぞ、お召し上がりください。おかわりもございますから、お申しつけくださいね」

「ありがとうございます。いただきます」

軽く会釈をしてイスに座る。

椎名さんは静かに一礼をして、カウンターの向こうにあるキッチンへ戻っていった。

もう一度、心の中で椎名さんに感謝をしてから、チョコレートを一つかじり、コーヒーを口に含む。甘みと、温かさがじんわりと滲《し》みていく。身体の中に溜まっていたストレスが、ゆっくりと溶けていくような気がした。

コーヒーを飲みながらぼーっとしているうちに、キッチンのほうから何かを炒《いた》める音が聞こえてきた。少し遅れて、たまねぎの香ばしい香りが鼻に届く。どうやら椎名さんは、夕飯の準備をしているらしい。

何か手伝おうかなと思うけど、プロの家政婦さんの仕事に、素人の私が手を出したら邪魔にしかならない気もする。どうしようかとつらつら考え続けていると、今度はコンソメの香りが漂ってきた。

「おいしそうな香り……」

思わず感想を声に出す。お昼ご飯をしっかり食べて、今チョコレートをかじっているのに、お腹がすいてきてしまいそう。

私のちょっといやしい独り言がキッチンまで聞こえたらしく、椎名さんがスープを作っているところだと教えてくれた。

「お夕飯は、鶏肉《とりにく》のピカタにトマトのサラダをおつけして、シーフードのカルパッチョと、お野菜たっぷりのコンソメスープにいたします」

献立を聞いただけで、口の中に涎が溢れてくる。

洋食が好きな健さんに合わせているのか、椎名さんの作るご飯は洋風の献立が多かった。

「……椎名さんは、どれくらい前から健さんの家で働いているんですか？」

ふと気になったことを聞いてみる。

椎名さんは少し考えるふうに黙り込んでから、小さく「ええと」と呟いた。

「健さんが赤ちゃんの頃に雇っていただきましたから……もうそろそろ二十五年ほどになるかと……」

「え、凄い！　それじゃあ、健さんのことよく知っているんですね」

通いの家政婦さんとはいえ、そんなに長く一緒にいたら、もう家族同然な気がする。

私の驚く声を聞いた椎名さんは、ふふっとかすかに笑った。

「ええ。とても利発で、ご両親を大切にされる、優しくて素直なお子様でした」

「へえ」

健さんは確かに頭がよさそうだし、仕事もできるみたいだけど、今の彼はクールすぎて優しさがあまり伝わってこない。いつも無口の無表情で何を考えているのかわからず、ちょっと偏屈なイメージもあった。

昔は違ったのかな？　それとも、私に対してだけ冷たいの？

しばらく忘れていた、健さんと沙知絵さんの逢瀬《おうせ》の場面が、パッと浮かんでくる。彼女の前で微笑んでいた彼の姿に、心臓の辺りがズキズキと痛み始めた。

「あの……健さんと知り合いの、沙知絵さんって、知ってますか？」

健さんの過去を詮索しても意味がないとわかっていながら、知りたい気持ちが止められない。

「沙知絵さん、ですか……？」

椎名さんは僅かに考えたあと、私の質問に答えてくれた。

「ああ、その方なら、不破旅館のお嬢様ですね」

「その沙知絵さんと健さんが、昔、何かあったようなんですけど、詳しいところがわからなくて。あ、別に、結婚前のことをとやかく言うつもりはないんです。ただ、懇親会でお会いした方から聞いたので、私が知らなくてもいいことなのかどうか……」

私が醜い嫉妬に苛まれていると知られるのは、恥ずかしいし居たたまれない。とっさにそれっぽい理由を捻り出してごまかした。

「小早川家と不破旅館は先々代の頃から親しくされていたそうですから、健さんと沙知絵さんは幼馴染《おさななじみ》のような間柄と聞いています。でも、唯香さんがご心配されるようなことはなかったと思いますよ」

「そうなんですか？」

「はい。周囲の方々は健さんと沙知絵さんが、将来ご一緒になるのじゃないかと噂されていたようですけど、そういったお付き合いがあったとは聞いておりません。それに……沙知絵さんを小早川家へ迎えることは、奥様が反対していましたから」

「え?」

椎名さんの言う「奥様」とは、健さんのお母さんのことだ。華奢《きやしゃ》ではかなげで物静かなイメージのあるお母さんが、息子の結婚相手に口出しをしていたらしい。

意外な事実に目を瞠ると、カウンターの向こうの椎名さんは、料理の手を止めてプルプルと首を横に振った。

「あ、誤解なさらないでくださいね。奥様は沙知絵さんが小早川家にふさわしくないと言っていたわけじゃないんです。ご自身が丈夫でないばかりに、これまでおつらい思いをたくさんされてきましたから、似たようにお身体が弱い沙知絵さんを、同じ目に遭わせたくないと考えていらしたんです」

椎名さんの説明にうなずく。

うちのお母さんも、健さんのお母さんは元々身体が弱いと言っていた。

そして、不破旅館の新館落成式で会った女性は、健さんと噂になっていた相手のことを「お身体があまり丈夫でなかったようだ」と語っていた。おそらく、その相手というのが沙知絵さんだったのだろう。

病気がちで苦労してきた健さんのお母さんが、同じような境遇の沙知絵さんを不憫《ふびん》に思い、結婚に反対したのは理解できる。

私はカップの底に残っているコーヒーを眺めながら、健さんと沙知絵さんに起きたことを想像してみた。

椎名さんは、二人の間に幼馴染以上の付き合いはなかったと言っていた。彼女の言葉通り、実際には交際をしていなかったのかもしれない。

しかし、私の目を盗んで夜遅くに会っていたことや、会話の内容、それに健さんが沙知絵さんの前でだけ感情を露わにしていることから考えて、お互いに愛情を傾けていたのは確実だ。

密かに想いを寄せ合っていたけど、二人の結婚は状況的に許されない。健さんのお母さんも反対している。

だから一緒になることは諦めて、健さんは縁談で条件に合う妻を選んだ。健康的で仕事の邪魔にならない女性を。

たくさんいたはずの候補者の中から私に決めた理由は、きっと知人の娘だったからだろう。

そこまで考えた時に、パッとお母さんの言葉が閃《ひらめ》いた。

――うちのお父さんが亡くなった時にも、お二人できてくださってね。私たちのことを心配して、何か力になりたいって言ってくれて――。

あの話を聞いた時に覚えた違和感の正体に思い至り、私は手の中のカップを強く握り締めた。

家業の社長であり、一家の大黒柱でもあった父親を亡くして困っていた加納家。その力になりたいと言ってくれた通り、健さんのご両親が彼に私との結婚を勧めたとしたら？

この仮説が真実ならば、加納家の借金を肩代わりしてくれたことにも納得できる。覗き込んでいたカップの中身が急にゆらゆらと波紋を描きだす。その原因が、自分の手の震えだと気づいてハッとした。

取り落としてしまいそうなカップをソーサーに戻して、両手を隠すように膝の上へ持っていく。震えを抑えるためにギュッと拳を握った。

最初に健さんから条件だけで決めた妻だと言われていたのに、どうしてこんなにショックを受けているのか、自分で自分がわからない。

……まさか、本当に彼が私に一目惚れをしてくれたとでも思っていたの？

少しの間うつむいて、自分自身に問いかける。

状況的にありえないとわかっていながら、私は無意識にそうであってほしいと願っていたのだろう。どこかで健さんが私を見初めて、結婚を申し込んでくれたのだという……まるで夢物語のような展開を。そんな都合のいい話があるはずないのに。

そっと目を閉じて自嘲する。

結婚をしてから夫に恋をして、失恋するなんて、順番がめちゃくちゃだ。

ふいに感情が昂り、激しい笑いが込み上げてくる。あまりにも自分が滑稽《こっけい》で、堪えきれない。

私はテーブルに突っ伏して肩を揺らす。目尻に浮いた涙は、きっと笑いすぎのせいだと自分に言い聞かせた。

第六章

夕方、椎名さんが仕事を終えて帰っていったあと、私は一人でひたすらぼんやりしていた。

頭に浮かぶのは自分が置かれた状況と、健さん、沙知絵さんのことばかり……。

彼が沙知絵さんとの結婚を諦めて、縁談をすると決めたのは私と知り合う前のことだ。もしその時に、ご両親から加納家の力になってやってほしいと言われたとしても、こちらから頼んだわけじゃない。

もちろん、手を差し伸べてくれた気持ちは嬉しいし、ありがたいと思う。実際、健さんと結婚したおかげで私と家族は助けられた。

だから私には、彼の選択を咎める権利も、逆に、想い合う二人の邪魔になっていることを気に病む必要もない……と、頭ではわかってる。

私が一人でくよくよ考えたって今更どうにもならないのに、このまま本当に愛のない夫婦生活を続けていいのか、という疑問が消えてくれなかった。

いつもより少し早く帰宅した健さんと一緒に、夕飯をいただいた。

椎名さんが準備していってくれたお料理は、とてもおいしいはずなのに、何を口に入れても味を感じない。咀嚼《そしやく》して飲み込むのを機械みたいに繰り返していたら、健さんが不審げなまなざしをよこした。

いつものくだらない会話がないから、おかしいと感じているんだろう。

きっと、なんでもないように装ったほうがいいんだと思う。でも、とてもそんな気になれなくて、私は彼の視線を無視し続けた。

食器を片づけてから、お風呂と寝る準備を済ませて、そそくさとベッドで横になる。

寝るにはかなり早い時間だけど、無言で私をじっと見つめてくる健さんと一緒にいるのがつらいし、何より気持ちが沈んだままで、もう頭を空っぽにして眠ってしまいたかった。

淡いルームランプを一つ灯《とも》しただけの薄暗い寝室で、ただ天井を眺める。心がざわざわして、寝たいのに寝られない。

どのくらいそうしていたのか、やがて寝支度を整えた健さんも寝室にやってきた。

とっさに目を瞑り、寝たふりをする。

彼は私のベッドの横で立ち止まり、ふうっと小さく溜息を吐いた。

もしかして……狸《たぬき》寝入りがバレた？

別に起きていることを知られたって問題はないのに、変な緊張と焦りを覚える。身をこわばらせ、ドキドキしていると、大きくて温かいものがそっと頬を包んだ。

たぶん、健さんの手。だけど、どうして急に頬を撫でられているんだろう？

ゆっくりゆっくり、彼の手のひらが私の頬をさする。優しい感触に幸せを感じたのと同時に、キュッと胸の奥が痛んで泣きたくなった。

彼の愛情が私ではなく沙知絵さんに向けられていても、妻としては大事にされている。それはとても嬉しいことのはずなのに、心の隅にいる欲張りな私が「それだけじゃ足りない」と声を上げた。

健さんの身も心も感情も、全部手に入れたい。私だけを見つめて、笑いかけてほしい。

駄々《だだ》っ子《こ》のような気持ちを持てあまし、こっそり歯を食い縛ると、唇に柔らかく湿ったものが触れて離れた。

反射的にビクッと身体が跳ねる。

嘘……今、キスされた……？

一瞬のことだったけど、間違いない。慌てて瞼を上げると、間近にいた健さんがサッと顔を引いた。

「悪い。起こしてしまったな」

「あ、ううん。それは、いいけど」

見上げた先にあるのは、甘さなんてまるでない無表情。さっきキスされたのは私の妄想だったのかも……と思いかけたところで、また頬を撫でられた。

「大丈夫か？」

「え？」

何を聞かれているのかわからずに、目をまたたかせる。

健さんは少し気まずそうに顔をそらして「朝から調子が悪そうだったから」とぼそぼそ呟いた。

私の体調を心配してくれているのだと理解した瞬間、彼への強い想いが胸に溢れる。私は感情に突き動かされるように腕を思いきり伸ばして、健さんの首にすがりついた。

「健さん、好き……！」

唐突に愛情をぶつけられた彼が、ヒュッと息を呑む。続けて、熱のないあいづちが返ってきた。

「ああ、うん」

きっと、本音を言えば、私から想いを寄せられても困るのだろう。夫としての立場があるから、妻を労わり、キスもセックスもするけど、自分の心には嘘がつけないのに違いない。

不器用な健さんを抱き締めて、私はそっと苦笑いをする。

他の女性を愛しながら家と会社のために私と結婚した彼と、その事実に気づいてなお、彼を想い続けている私。不毛としか言いようがない関係だ。

……だけど、しょうがないよね。

健さんの首に回していた腕を解《ほど》いて、彼の顔を覗き込む。私のほうから触れるだけのキスをして、にっこりと笑ってみせた。

「ね、健さん。セックスしよう」

「何を言っている？　きみは体調が悪いんだろう」

珍しく、健さんの眉間に皺が寄る。

私は大きく首を左右に振ってから、もう一度、彼に抱きついた。

「ちょっと気になっていたことがあっただけなの。でももう解決したから大丈夫」

そう、全部諦めて、受け止めるしかない。

健さんが沙知絵さんと離れた結果、私たちは知り合えたのだし、他の人への想いをかかえた彼を、私は好きになってしまったんだから……。


私の体調を気にして行為をしぶる彼をベッドに押し倒し、馬乗りになった。

きっちり着込まれているパジャマを強引に開いて、ズボンと下着を引き下ろす。顔を出した彼のものは、中途半端な大きさを保ったまま、小さく震えていた。

よく見れば凶暴な形をしているのに、なんだか怯えているみたいでちょっと可愛い……。

私は身体を後ろにずらして、彼の足の付け根に顔を寄せた。

「な⁉　やめっ」

何をされそうになっているのかに気づいたらしい健さんが、急に慌て始める。震える彼の根元を両手で掴んだ私は、制止を無視して口づけた。

唇が触れた瞬間、手の中のものはビクビクと大きく二度痙攣して、ぐんと体積を増す。

彼の反応に気をよくした私は、裏側を舐め上げ、いきついた先端を咥えた。

「は、う……っ」

押し殺したような健さんの喘ぎが、私の心をぞくぞくと震わせる。もっと感じているところが見たくて、私は彼を深く咥え直した。

まだ完全には起ち上がっていないようで、少しだけ柔らかい。なのに、嘔吐《えず》きそうになるぎりぎり手前まで含んでも、全体の半分くらいしか隠れていなかった。

根元を押さえていた手をずらして扱きながら、口の粘膜と舌で先のほうを擦り上げる。何度か繰り返すうちに、それは硬く張り詰め、表面に筋を浮き立たせた。

私がすることで、健さんが気持ちよくなってくれるのは嬉しい。夢中で彼を刺激し続ける。口を窄《すぼ》めるようにして思いきり強く吸い上げると、胸の下に敷いている健さんの太腿《ふともも》が、ギュッとこわばったのが伝わってきた。

おそらく、今ちょっとイキそうになったんだろう。

彼を咥えたまま、小さく笑う。健さんの顔にそっと目を向ければ、彼も私を窺うように見つめていた。

　視線がぶつかった瞬間、口の中で彼のものが一際大きく跳ねる。

　私はわざと見せつけるように唇を離してから、くびれているところに優しく歯を当てた。

「ぐっ！　ぁ……よせ、離れろっ！」

　叫び声を上げるのと同時に身体を起こした健さんは、私の両肩を掴んで無理やり引きはがす。

　乱暴な行動に驚くより早く、彼の先から白い液体が噴き出して、私の頬に飛んできた。

　濡れた感触に驚いて目を見開く。頬にかかった雫は、重力に従い、顎《あご》のほうへと伝い落ちていった。

　健さんは私の肩をきつく押さえて息を乱している。苦しげに顔をしかめ、かすかな声で悪態をついた。

「くそ……きみは……本当に、変態だ」

「え。口でするのって、そんなにおかしいこと？　健さんだってしてたじゃない」

　ついこの前、温泉の露天風呂で抱き合った時のことが思い出される。私を縁台に押し倒した健さんは、口と指を使って私の秘部を散々にいたぶってくれた。

　まあ、気持ちよかったから行為自体に文句はない。ただ……自分は割れ目の奥にまで舌を入れてきたくせに、私だけが詰られるのは納得がいかなくて、ちょっとムッとした。

　つい、眉根を寄せて不満を露わにしてしまう。

健さんはパジャマの袖で私の頬と顎を拭ったあと、居たたまれない様子で言いわけを始めた。

「それは、その、男女では形状が違うし、普通に考えて、女性は嫌がるだろう」

「別に。……というか、今まで口でしてもらったことないの？　させたことも？」

私のせきららな問いかけに、彼は心外だと言わんばかりの勢いで首を縦に振った。

「あたりまえだ！　俺にはそういう変態的な趣味はない」

健さんはそう言いきったけど、違う意味で充分に変態的だと思う。ノーマルな人は、手首を縛られたままイッたり、性器を踏まれて悦んだりは、たぶんしない。

彼に疑いの眼を向けると、今度はブンブンと首を左右に振りだした。

「違う。本当に普通だった。きみがいつもひどくするから、だんだんおかしくなって……」

必死で弁明する健さんを見ているうちに、少しずつ申し訳ないような気持ちがしてきた。

元々エムっぽいところはあったにしても、本人さえ気づいていなかった性癖を、私が戯《たわむ》れに暴《あば》いてしまったのだろう。

「ごめんね。今から普通にする？　……それとも、これまで私がしてきたことを許せないって言うなら、今度は健さんがしてもいいよ」

「何を？」

私の言葉が理解できないのか、健さんは不思議そうに見返してくる。

口で説明するよりやってみせたほうがよさそうだと判断した私は、ベッドを下りて、クローゼットから彼のネクタイを取ってきた。始まりの夜に、酔い潰れた健さんがつけていたものだ。

「これで私を縛って、あの時と同じことをするの。目には目を、歯には歯を、だよ」

両手を揃えて、ネクタイを差し出す。

私の考えが伝わったらしく、健さんの肩がビクッと大きく震えた。

「い、今更、そんなことをしても……！」

「うん。でも、他に私にできることはないし」

同じ行為をやり返したって、きっと元には戻れない。それでも、彼の気が晴れるなら意味はあると思えた。

「どうする？」

もう一度、質問を重ねると、健さんがぐっと歯噛みした。ほんの少しだけ表情が硬くなって、精悍さが増す。

彼は私の手ごとネクタイを掴んで、ギュッと力を込めた。

「わかった、やる」

何か強い決意を秘めたような健さんの目を見返して、私はこくんと唾を呑み込んだ。

健さんはパジャマの上着を脱ぎ捨て、はだけたズボンと下着を直したあと、私の手首を縛ってベッドに寝かせた。

そんなにきつく結ばれているわけじゃないから、手が痛いとか苦しいとかはない。むしろ、強く引き抜いたら取れてしまいそう。でも、拘束されているという状況に、おかしな興奮を覚えた。

前にもちょっと思ったけど、私はエスでもエムでもあるんだろう。

健さんは私のパジャマのボタンを外しながら、ふっと短い吐息をこぼした。

「これは、唯香のしたことが許せないからやっているんじゃない。実際、結婚して間もないというのにきみを放っておいた俺にも非があったし、もう怒ってもいない」

「え？」

唐突な説明に、パチパチとまばたきを繰り返す。言いわけでもなさそうだし、どういう意味？

わけがわからずに見上げると、彼は私のパジャマを開いて、目を合わせてきた。

「ただ、あの時の俺がどういう気持ちだったのか、きみも知ればいいと思う」

健さんの気持ち……。

彼の言葉につられて、あの夜のことを思い返す。

出先でお酒を呑んだ健さんは、夜中に帰ってくるなり、玄関で酔い潰れた。眠っているうちに手首を縛られ、乳首を愛撫されて、目覚めた時には驚きと羞恥と怒りで私を射殺しそうな目をしていた。

いくら夫婦とはいえ無理やりされたんだから、彼が怒るのはもっともだ。

今更ながら反省していると、健さんは私のブラを掴んでぐいっと押し上げた。揺れながら両方の乳房がこぼれ出る。

「んっ」

すでに硬くなっている膨らみの先端が生地に引っかかり、淡い快感が広がった。

私の胸を露わにした健さんは、そこを両手で覆うようにして、やわやわと揉み始める。彼の手のひらに乳首のてっぺんが擦れて、ピリピリと痺れた。

「はぁ……あ、両方、気持ちい……」

「俺はあの時うとうとしていたからはっきり覚えていないが、初めにきみはこうして俺の胸をいじっていたよな？」

健さんは、私がした行為を忠実に再現しようとしているのか、細かい流れまで確認してくる。

正確には、私が彼の顔に見惚れていた時に、股間のものが大きくなっていることに気づいて、ムラムラする気持ちのまま縛り上げた……だ。そのあとは確かに、彼の乳首を指で擦ったり捻ったり、ついでに唇で挟んで吸い上げて、甘噛みもした。

今振り返ると、結構色々しちゃってる。けど、私も酔っていたから……ということにしておきたい。

私がうなずくのを見た健さんは、乳房を掴む手に力を込めた。

手のひら全体で円を描くように揺すりながら、指先を柔らかい部分に食い込ませてくる。時折、真ん中の尖りを人差し指と中指の間に挟まれ、扱かれた。

そのましつこく愛撫され、興奮と快感で胸が熱く重くなる。彼の手が起こした痺れが秘部にまで伝わり、割れ目とその奥がじくじくと疼いていた。

激しくはないけど、甘い感覚がさざ波のように絶え間なく広がる。気持ちいい、でも、もどかしい。

健さんを見つめて「もう入れてほしい」と目で訴えたけど、彼は何も気づかなかったように視線をかわして、私の胸の谷間に顔を埋めた。

心臓の真上をちろちろと舐められる。くすぐったいのとは違う痺れが背中を駆け抜けて、私は大きく仰け反った。

「あ、あ、はぁ……あん、あっ」

はしたない声がひっきりなしに漏れ出る。

いつの間にか、膨らみ全体を揉んでいた手は、乳首を摘み上げるようにして捻っていた。

さっきよりも鋭い刺激が響いて、全身がブルブルと痙攣しだした。無意識に身をよじり、腰をくねらせる。

快感が増すほどに、健さんを受け入れたい思いが強くなっていく。

「もう、胸ばっかり、やあ……下もいじって……中も。健さんが、欲しい……っ」

泣きそうになりながら懇願すると、彼は顔を上げてスッと目を細めた。

「わかった。だが入れるのはまだだ。きみだって、あの時、俺を散々焦らしただろう?」

「う……」

改めて、この行為に贖罪《しょくざい》の意味が込められていると突きつけられて、口をつぐむ。自分から言いだしたことだけど、つらくてたまらない。

健さんは右の肘で体重を支え、左手を私の足の付け根に持っていった。

胸への刺激を止めないまま、ズボンの上から秘部をぐっと押される。鈍い快感がじんわりと広がり、僅かに開いた割れ目から蜜が滲み出てきた。

秘部への愛撫を待ち焦がれていたけど、これじゃ全然足りない。直に強く擦ってほしい。

「やだ、もっと!」

健さんの下でじたばたともがき、みっともなくねだる。いっそ自分でやってしまおうと思うほど苦しいのに、手が縛られているせいでどうにもできなかった。

さっき彼が「あの時の俺がどういう気持ちだったのか、きみも知ればいいと思う」と言ったのはこのことなのかもしれない。

気持ちいいのか、つらいのか、申し訳ないのか、判断のつかない涙がぽろぽろとこぼれる。

泣きながら喘ぐ私を見た健さんは、何かを言おうと口を開いたけど、結局、言葉を呑み込んで、また胸に唇を当てた。

左胸の先を彼の指で、秘部を手のひらで苛まれている。加えて、右胸の先を舌でくすぐられた。

「あ、あっ」

それぞれの場所から湧き上がる快感が混じり合い、身体の奥で渦を巻く。でもイケるほどは強くなくて、私はとろ火のような甘苦しい感覚に炙られ続けた。

だんだん、頭の中がぼーっとしてくる。とにかくイキたくてイキたくて、おかしくなりそう。本当にこれ以上は無理だと言いかけたところで、急にお腹の奥がこわばりだした。覚えのある感覚に目を見開く。

「え、嘘⁉　何、これ……あ、いっ、ぁ、やぁっ……イク……ぅっ！」

頭の上に置いた手で、思いきりシーツを握り締める。硬直が足の先までいきつくのと同時に、パチンと快感の泡が弾けた。

激しい絶頂じゃないけど、連続して何度も昇り詰める。

私がイッているのに、健さんは敏感な三ヶ所を執拗《しつよう》に攻め続け、やがて声も出せなくなった頃にようやく手を離してくれた。

信じられないくらいイッた気がするけど、小山を越えたような感じで、まったく熱が発散できていない。初めての経験に混乱し、ぜいぜいと呼吸を繰り返していると、起き上がった健さんの手でズボンとショーツを抜き取られた。

「凄いな。シーツに染みるくらい濡れている……」

独り言のような彼の呟きで、自分の状態を知った。

達した時の感覚は強くなかったけど、服では吸い取りきれないくらい潮を噴いたのだろう。少しだけ居たたまれない。

健さんは私の片足を持ち上げて、そっと秘部の奥に指を挿し込んできた。中も外もビショビショになっているおかげで、抵抗なく最奥まで進んでくる。

彼は入れた時と同じ速度で指を引き抜いて、今度は何本かを纏めて入れてきた。

立て続けにイッたせいか、秘部はピリピリと痺れていて軽く麻痺している。それでも、指先で中の一番敏感なところを擦られると、重だるい快感がじわりと湧き出た。

「はぅん……っ」

自分の口から、吐息と一緒にかすかな声が漏れる。普段からは想像できないくらい、か弱く聞こえた。

健さんはぐっと身体を倒して、私の顔を覗き込んでくる。泣きすぎて腫れぼったい瞼に優しく口づけられた。

「もう入れていいか？」

やっと彼と繋がることができると知り、胸の内に喜びが溢れる。ガクガクと首を縦に振って、健さんに抱きつこうとしたけど、手首が縛られているせいで叶《かな》わなかった。

あ……。

茫然と自分の手を見上げる。

健さんを思いきり抱き締めて、ぬくもりを感じたい。声がちゃんと出せないからこそ、ぴったりと肌を触れ合わせて、大好きな気持ちを伝えたいのに……！

「はず、して。おねが……」

かすれる声で必死に戒めを解いてほしいと訴える。しかし、彼はきっぱりと頭を振った。

「だめだ。俺だって何度も自由にしてくれと頼んだが、きみはすべて拒否した」

確かに、私が健さんを縛って襲った時には、最後までネクタイは解かなかった。だって、外せば絶対に逃げられると思ったから。

私は逃げないし、ただ彼を抱き締めたいだけなのに……。まともに声が出せないせいで、気持ちを伝えることもできない。

触れたいのに触れられないはがゆさと、寂しさに襲われる。切ない想いで彼を見上げていると、秘部の割れ目に丸みを帯びた硬いものが触れた。

「ん、ぁ……」

それは、私の隠された場所をゆっくりと押し開き、入ってくる。一度、熱を放ったあとでも、やっぱり彼は大きくて、内側に強い圧迫感を覚えた。

「あ、は、あぁっ」

彼の楔で押し出されるように、喉から喘ぎが飛び出す。

健さんはそのまま最奥までやってきて、突き当たりの壁に先端をぐっと押しつけた。反射的にビクッと腰が跳ねて、次に鈍い痛みと快感が湧いてくる。むずむずする感覚にじっとしていられず、震える足を突っ張って身悶えした。

私と深く繋がった健さんは、そこから動くことなく、じっと私を見下ろしている。もうこれ以上、焦らされたくなくて必死で首を左右に振った。

「や、だぁ……も、むり……動い、てぇ……イキたぃ……」

さっき、おかしな感じで達したけど、スッキリできないのでは意味がない。いつものような強い絶頂が欲しい。

健さんは少しの間、私の痴態を眺めたあと、腰を深く沈めたままぐりぐりと押し回した。

「いっ、ひっ！」

痛いのに気持ちよくて、声が裏返る。

彼はその動きを続けながら、私の秘部の突起に親指を当ててきた。

膨らみきった肉芽は少し触られるだけでも、ビリビリと痺れる。中の奥と外の尖りを同時に刺激されて、体内でくすぶっていた熱が一層激しく燃え上がった。

限界まで張り詰めていた感覚に更なる快感を注がれ、ガクガクと全身が痙攣しだす。きつく目を瞑り、声にならない声を上げた刹那、弓の弦が切れるようにすべてが弾け飛んだ。

深すぎる絶頂に瞼の裏が白く輝いて、気が遠くなりかける。

こわばりが解けた手足を投げ出し、朦朧としていると、健さんが低く呻いた。

私の中にいる彼がぴくりぴくりと震えている。きっと健さんも限界なんだろう。

まだ震えている両手を彼へと伸ばして、笑いかける。

「健さ……きて……？」

私に目を合わせた彼はくっと息を詰めたあと、ちょっと乱暴な手つきで私の手首の戒めを外した。

健さんがネクタイを取ってくれたことに、少しだけ驚く。さっきは強い調子で「だめだ」と言っていたのに……。

彼は唖然としている私の背中に腕を回し、上半身を倒すようにして抱き締めてきた。

力が強すぎて、少し苦しい。でも嬉しい。私も健さんを抱き返すことができて、ほうっと息を吐いた。

ぐぷりと音を立てて、彼の楔がゆっくりと抜けていく。

「ん……っ！」

身体を重ねたまま腰を引いた健さんは、激しく抜き挿しを始めた。

一度鎮まった熱情が、内側を擦られることでまた燃え立つ。イッたばかりのせいで感覚が過敏になっているらしく、私はあっさりと高みへ押し上げられた。

「やっ、ぁ……ま、たぁ……」

手や足には力が入らないというのに、秘部は喜んで彼に吸いつき、きつく締め上げる。

健さんは荒く熱っぽい呼吸を繰り返しながら、抽送を続けた。

「う、唯香、唯香……!」

「たけ、る……さ……」

相手の名を呼び合い、熱を交わす。

たとえ彼の想いが私に向いていなくても、こんなふうに肌を合わせて、深い場所で繋がることができるのだから……きっと、私は幸せだ。

やがて彼が最奥で達するのを感じた私は、口には出せない愛の言葉を心の中で囁いた。

第七章

私が健さんへの想いを自覚してから、あっという間に一ヶ月が過ぎた。

秋と言いながら夏のようだった気候は少しずつ穏やかになり、朝晩などは寒いと感じる日もある。

そんな季節の変化とは裏腹に、私の心は今も落ち着いていなかった。

健さんが結婚前から沙知絵さんに想いを寄せているということは、今更、変えられない。だから受け入れると決めたのに、私は事あるごとに不破旅館で見た光景を思い出してしまい、胸を痛めていた。

他人同然で結婚して、夫への愛情に気づいた途端に失恋して、それでも諦めきれずに片想いを続けてる。

健さんと夫婦でいられることに満足して、それ以上は望まなければいいのに、欲張りな恋心はどうしても消えない。……いつか彼が沙知絵さんを忘れて、私のほうに振り向いてくれるんじゃないかと期待してしまっていた。

私の心は安定していなくても、普段の生活は変わらずに過ぎていく。

健さんはやっぱり無表情なうえ無口で何を考えているのかわかりにくいし、仕事もずっと忙しいらしい。週に一、二度、セックスをするのもそのまま。

唯一、変化があったのは、週末に二人で出かける用事が増えたことくらいだ。

といっても、デートや旅行なんていう甘いものじゃない。小早川家の跡取りとして、様々な企業や関係先のイベントに夫婦で招待されることが多くなっていた。


日曜の今日、私は健さんと連れ立って、とある企業の創業三十周年記念パーティーに出席している。

小早川興産の孫会社にあたり小早川グループの傘下でもあるこの企業は、実は加納製作所の取引先だ。以前に何度か工場用の機械を納入したことがあって、私も取引に直接関わっていた。

まあ、向こうにすれば、加納製作所は数多《あまた》ある発注先の一つでしかないから、社長秘書の私のことなんて覚えていないだろうし、実際このパーティーへの招待もきてないんだけど……。

会場であるラグジュアリーなホテルの大ホールに通された私は、あくまで健さんの妻として初対面のように挨拶をしていく。

今までいくつか似たような場に出たけど、大体どこも初めに代表者の挨拶と趣旨説明みたいなのがあって、そのあと趣旨に沿った内容を映像やパネルを使って紹介し、終了後は軽食と懇親会……という流れらしい。

今回のパーティーも同じスタイルのようで、現在の社長さんの挨拶のあと、パネルを使った社歴の紹介があり、最後は軽食をとりながらの歓談の時間が用意されていた。

立食形式のため、健さんに寄り添って歩きながら、様々な相手と軽い会話をしていく。

こういった場では、妻は夫の添え物という見方をする人がまだまだいるから、私は出しゃばりすぎないよう聞き役に徹する。難しいことを聞かれたり、意見を求められたりしないぶん楽なのかもしれないけど、ただニコニコしながらうなずき続けるのも実は疲れるもので、八組目のご夫婦との会話を終えて離れた時、思わずふうっと溜息が出てしまった。

すぐにハッとして辺りを窺う。どこで誰が見ているかわからない場所だから、少しでもおかしな振る舞いをすれば、よくない噂を立てられるかもしれない。……たとえば、小早川家の人間が孫会社のおめでたい席で嫌そうに溜息を吐いていた……とか。

幸い誰も私の溜息に気づかなかったようで、ほっと胸を撫で下ろした。

健さんが横目でちらりと私を見る。

不思議に思って見返すと、彼は視線をそらし、持っていたグラスに唇をつけた。食前酒を一口含んで、息を吐く。

「きみは少し離れて、何か食べてくるといい」

きっと健さんは、離れて休んできていいと言ってくれているのだろう。

ついさっき「疲れました」と言わんばかりに溜息を漏らしたのだから、気づかれて当然だけど、彼の優しさを感じて胸の内が温かくなった。

「うん、ありがとう」

小さくお礼を言ってから、健さんの傍を離れる。お料理が並べられているビュッフェスペースへ移動する途中で一度立ち止まり、会場全体を見渡した。

創業記念だからか、一般的な異業種交流会などとは違い、華やかな雰囲気が漂っている。パートナーだけでなく、お子さんを伴ってきた人もいるようで、思ったよりも女性や若い人が多い印象だった。

煌びやかで美しい光景が私にはまぶしくて、目を細める。健さんと結婚してから、こういう場に出入りする機会が増えたけど、今も慣れたとは言いがたい。どうしても庶民根性が抜けなくて、気後れしてしまうのだ。

会場の中に健さんはいてくれるけど、なんだか心細くて孤独感を覚えた。

「……あの、失礼ですが、加納さんのところのお嬢様じゃありませんか？　お母様の秘書をなさっていた」

急に後ろから年配の男性の声が聞こえて振り返る。私の目の前には、以前、加納製作所とこの会社が取引をした時に、窓口役をしてくれた専務さんが立っていた。

まだ私を覚えていてくれたことに驚きつつ、頭を下げる。

「はい、ご無沙汰をしております。株式会社加納製作所、社長秘書の小早川唯香です。このたびは創業三十周年おめでとうございます」

仕事の時のくせでビジネス用の社交辞令を口にする。名乗ってしまってから、専務さんと会わないうちに苗字が変わったことを思い出した。

少し照れくさく思いながら、結婚したのだとつけ足す。

専務さんは朗《ほが》らかに笑って、大きくうなずいた。

「ありがとう。あなたがご結婚されたのは存じ上げていますよ。こちらこそ、おめでとうございます」

「……ありがとうございます」

お祝いの言葉に微笑んで、感謝を口に出す。

上機嫌らしい専務さんは感慨深げにうなずいて「あの時のお嬢さんと、健くんがねえ……」と呟いた。

孫会社の幹部社員だから、専務さんが健さんを知っているのは当然だけど、個人の名前を呼ぶくらい親しい関係らしい。

でも、どういう知り合いなんだろう？

不思議に思って見つめていると、専務さんはちょっといたずらっぽく笑った。

「たぶん彼のことだから、あなたには何も言っていないんでしょうけど、実は健くんはうちの会社の――」

「あなた！」

専務さんが何かを言いかけたところで、少し慌てた様子の女性がやってきた。年代が専務さんと同じくらいだし、きっと奥様に違いない。

奥様に目を向けた専務さんは、軽く首を傾けた。

「うん？　どうした、そんなに急いで」

「社長さんがお呼びよ。今度、取引をする外資系企業の方がいらしているとかで……」

「や、それは顔を出さなければいかんな」

奥様の説明に、専務さんも焦りの表情を浮かべる。

二人は申し訳なさそうに、急な来客があったことを説明したあと「またのちほど」と言い置いて私から離れていった。

健さんの内緒の話というのは気になるけど、会社にとって重要なお客様がきているのなら仕方ない。

専務さんの様子からすると真面目な内容ではなさそうだし、たぶん健さんの昔の失敗談とか、親しい仲の人しか知らないような面白ネタだったんだろう。専務さんは健さんのお父さんと同年代みたいだから、彼が子供の頃の微笑ましい話だったかもしれない。

そう考えると聞き逃したのが少し惜しい気持ちになった。

ビュッフェスペースでフルーツを摘んだ私は、健さんのところへ戻る前にレストルームへと足を向けた。けど、大ホールと同じ階のレストルームは今混んでいるとのことで、ホテルのスタッフさんから、できれば一階下のものを利用してほしいとお願いされた。

一階上り下りするくらい、どうってことはない。私は階段を使って階下へ向かった。

たどりついた先は、上の賑《にぎ》わいが嘘のように静かで落ち着いている。他にレストルームを利用している人がいないのをいいことに、私は用を足したあとも個室の中で座って休んでいた。

……そろそろ戻らないと、健さんが心配するよね。

一度座り込んでしまったせいで動きたくなくなってきたけど、このままここに居続けるわけにもいかない……。

「よしっ」

小さく自分に声をかけて立ち上がろうとすると、外からヒールの音が聞こえてきた。

たぶん女性用のパンプスだろう。いくつもの音が重なっているから一人じゃない。足音はだんだんと近づいてきて、私がいる場所の近くで止まった。

もしかして個室の空き待ちかな、と思ったけど、他に空いている場所はたくさんある。不思議に思って外の様子を窺っていると、女性たちはそこでおしゃべりを始めた。

「あーもー、立食パーティーとかちょー疲れる。足パンパンだし。パパとママにお願いされたからきたけど帰りたーい」

「ほんとにそれだよねー。仲良し家族アピールなのか知らないけどさ、私たちまで巻き込まないでほしいよ」

どうやら外にいる女性たちは、私と同じパーティーの招待客らしい。会話の内容からすると、会社の関係者の娘さんたちのようだ。

休憩がてらおしゃべり、というか、愚痴をこぼしにきたっぽい。

……どうしよう。わざとじゃないけど、彼女たちの話を盗み聞きしているような状況になってしまった。

気まずい思いをしてもいいから今外に出るべきか。それとも、女性たちが去るのを待つべきか。どちらがいいか悩んでいると、もう一人の女性の声が聞こえてきた。

「あなたたちはまだマシじゃない。ただ出席だけすればいいんだから。うちなんて『家に都合がいい婿を捕まえてこい』って言われたのよ?」

吐き捨てるような呟きに、他の二人が「うそー」とか「ありえなーい」とか声を上げている。

「だいたい今日の主催って、小早川興産の孫会社でしょ。小早川グループには入っているけど末端じゃないの。そんなところのパーティーに、独身のイイ男なんてそうそういるはずないっていうのに」

かなり強気らしい三人目の女性が、失礼なことを並べ立てる。なんだか小早川グループ全体をバカにされたような気がして、胸の内がもやもやしてきた。

確かに孫会社だから、小早川興産本社に比べれば規模は小さい。もし小早川グループの中で序列をつけるなら、下のほうになるのも間違いない。

それでも、あの専務さん始め、皆が会社のために一生懸命がんばっている。そして、小早川グループ全体を統括している健さんやお父さんも、色々な面で協力しているはずだ。

もやもやが苛立ちに変わり、怒りにまで発展する。一言物申してやりたくてドアの鍵に手を伸ばしかけたけど、揉め事になった時のことを考え、キュッと拳を握った。

もし開き直って騒がれでもしたら、健さんに迷惑がかかってしまう。言われっぱなしは悔しくてたまらないけど、私一人の問題じゃないということを思い出して唇を噛んだ。

外の女性たちの愚痴は止まらない。会話の内容はだんだん下世話な噂話に発展していった。

「そういえば、この前、小早川興産の御曹司が結婚したじゃない。今日、夫婦で一緒にきてたの、見た⁉」

ふとした拍子に私の話が飛び出し、ギクッと身がこわばる。

一人の問いかけに、二人の女性が「見た！」と口を揃えた。

「なんか、奥さん普通だったよね？　不破旅館のお嬢様を振ってスピード結婚したっていうから、すっごい美人か、とんでもない悪女かと思っていたけど、どこにでもいそうな感じっていうか……」

「あー、わかる。中流階級感が滲み出てるよね」

「うんうん」

三人の失礼な評価に、またムカムカがせり上がってくる。中身も外見も生まれ育ちも平凡なのを自覚しているからこそ、余計に言われたくなかった。

「でも、なんで不破旅館の彼女と結婚しなかったの？　幼馴染で、ずーっと付き合っていたんでしょう？」

「私にそんなことを聞かれてもわからないわよ。どっちも一人っ子だからじゃない？」

「なるほど、跡取り問題かー。あるかもねー」

実際、健さんと沙知絵さんが結婚を諦めたのは、彼女の身体が弱いせいだったようだけど、女性たちはその辺の事情を詳しく知らないらしい。

三人はそれぞれ「ねー」「だよねー」と同意し合う。

「ま、不破旅館のお嬢様も別の人と婚約したらしいし？　ありがちな話よ」

「へえ、誰と？」

「それが、自分のところの料理長なんですって。二十歳くらい年上の。なんとバツイチ」

私はとっさに身をすくませる。沙知絵さんの婚約者が、健さんと共通の知人だというのは、本人が話していたけど、まさか不破旅館の料理長さんだとは思わなかった。しかも、そんなに年上だなんて……。

歳の差カップルや離婚歴のある人に偏見はないけど、気になってしまう。

外にいる女性たちも、沙知絵さんのお相手について、とやかく言い始めた。

「えー、信じられない！　バツイチのおじさんって！」

「それって、うちの会社の副社長と結婚しろって言われているようなものでしょ？　絶対に嫌。私だったら家出する」

「……政略結婚にしても、ちょっとひどいよね。直接の知り合いじゃないけど、可哀想になっちゃう」

二十歳も年上の男性との政略結婚……女性たちの口から出た衝撃的な話に、手がカタカタと震える。

愛する人を諦めなきゃいけなかった沙知絵さんは、きっと身を裂かれるような苦痛を感じたはずだ。その上、家業のために親ほども歳の違う男性との結婚を強いられるなんて。

自ら選んだことだとしてもつらすぎる。

今、健さんへの届かぬ想いに苦しんでいる私には、沙知絵さんの境遇が他人事には思えなくなっていた。

噂好きな女性たちが去るのを待って、パーティー会場へ戻ると、健さんが落ち着きのない様子できょろきょろしていた。慌てているところなんてあまり見たことがないから、少し驚いてしまった。

「どうしたの？」

後ろから近づいて、そっと声をかける。

パッと振り向いた健さんは、眉間に皺を寄せて「どこへいっていた⁉」と強い調子で聞いてきた。

なぜこんなに機嫌が悪くなっているのかわからず、パチパチとまばたきを繰り返す。私に対して、ここまで感情を露わにしていることにもびっくりした。

「どこって、その……」

さすがに、この場で堂々と用を足しにいったとは言えない。

健さんに寄り添うようにして、耳元でそっと行き先を伝えると、彼は深く息を吸い込んで吐いた。

「随分と長い時間、戻ってこないから、何かあったのかと思った」

「ごめんね。出ようとしたところに、話好きな人たちがいて」

下世話な噂話を盗み聞きしていた事実は伏せて、戻れなかった理由を簡単に説明する。

健さんはいつもの無表情に戻り、首を縦に振った。

「何もなかったならいい。きみはまだこういう場に慣れていないから、気になっただけだ」

「ありがとう」

感情を乱すほど健さんが心配していたと知り、きゅうっと胸が締めつけられる。彼が私を気にかけてくれているとわかっただけで嬉しくなった。

ほんの僅かな間、見つめ合う。

健さんの心にちょっぴり近づけたような気がして幸せに浸っていると、少し離れた場所から誰かを祝う声が聞こえきた。

他の話し声よりも音量が大きいせいで、つい目を向けてしまう。視線の先に立っていた女性を見た瞬間、胃の辺りがぐっと重くなった。

……沙知絵さん……。

今日も華やかな着物を身に着けた沙知絵さんは、大げさな祝辞を述べている男性に微笑んで、会釈をしている。上品で押しつけがましくない仕草が、彼女の清楚な雰囲気を際立たせていた。

周囲の誰もが、沙知絵さんに見惚れている。嫉妬からくる焦りで健さんを見れば、優しげな目を彼女に向けていた。

「結婚の準備で忙しいと聞いていたが、きていたんだな」

「知り合い、なの？」

本当は知人どころじゃないとわかっているけど、何も知らないふりをして聞いてみる。私の問いかけに健さんは浅くうなずいた。

「唯香も一度会っているんだが、覚えていないか。彼女は不破旅館の娘なんだ。子供の頃から知っている間柄で……まあ、幼馴染みたいなものだ」

「そう、なんだ」

震えそうになる声を必死で落ち着けて、あいづちを打つ。今までいろんな人から聞いてきた話と何も変わらないけど、健さん本人から聞くのは衝撃的だった。

彼は私が動揺していることに気づかないまま、話を続ける。

「先日、不破旅館の料理長をしている人と婚約したと言っていた。今、隣にいるのがそうだな」

健さんの言葉につられて、沙知絵さんの傍に立つ男性へ視線を移した。

背が高くがっちりしていて、年齢は四十代半ばくらい。体型といい、精悍な顔つきといい、武道家のような凛《りん》とした雰囲気のある人だった。実際の職業は不破旅館の料理長だそうだけど、沙知絵さんのボディガードと言われたら、きっと信じてしまうだろう。

「ええと……素敵な方ね？」

沙知絵さんの婚約者をどう表したらいいのかとまどい、当たり障りのない言葉を返す。まさか他人様《ひとさま》の結婚相手に対して「だいぶ年上なのね」とか「料理人には見えない」なんて言えない。

私の返事を聞いた健さんは、なぜか不愉快そうな声音で「そうだな」と答えた。

「あの人のことも昔から見ているが、度量の大きい、本当に立派な男だと思う。沙知絵と年齢差があっても、きっと彼女と不破旅館を守り、盛り立ててくれるだろう」

言っている内容とは裏腹に彼の声は低く、苦々しく思っているのが、あからさまにわかる。

どうして急にまた不機嫌になったのかわからず、沙知絵さんたちと健さんを交互に見つめて、原因に思い至った。

……きっと、彼は嫉妬しているのだ。沙知絵さんの婚約者に。

昔からの知り合いで自分が尊敬している人だとしても、好きだった女性の結婚相手となれば、複雑な感情を持ってしまうのだろう。

健さんと沙知絵さんは、お互いに納得して関係を断ち切ったようだけど、恋心はそんなに簡単なものじゃない。妻帯者となった今でも、彼の中には彼女への想いが残っているのに違いなかった。

本当は健さんの前に立ち塞がって視線を遮り、私だけを見てほしいと叫びたい。だけどそんなことをしたって、逆に彼の気持ちが離れてしまうことはわかりきっていた。

沙知絵さんの婚約者へ冷たいまなざしを向ける健さん。その横顔を、私はただ見つめ続けるしかなかった。

第八章

翌週の土曜日、仕事が休みの私はダイニングテーブルに参考書を広げて、唸り声を上げていた。

小早川家に借金を肩代わりしてもらい、コネも得て仕事が楽になったぶん、以前のように休みなく働かなくてもよくなった。私は余裕ができた時間と体力を使い、スキルアップのための資格試験に挑戦することにしたのだ。

将来を見据えて、取っておきたい資格は山ほどあるけど、とりあえずの目標は秘書検定一級。もう既に社長秘書として働いているものの、元々秘書を目指していたわけじゃないし、今の仕事に就いたのも天然ぎみなお母さんを見張るためだったから資格は必要なかった。

就職してからは日々の業務をこなすのに精一杯で、試験勉強なんてできるはずもなく……そういう理由で、私は秘書業のスキルに長《た》けているとはとても言えない状態だった。

試験対策に用意した参考書をぺらりぺらりとめくり、溜息を吐く。

内容は普段やっている仕事と変わりないけど、試験ではより丁寧な応対と、正確な知識が求められるらしい。これまでの我流のやり方がどれだけいい加減だったかを思い知らされ、落ち込むのと同時に、取引先の方々に対して申し訳なくなった。

しかも、参考書の内容がちっとも覚えられない。確認した時は理解できるのに、少しすると細かいところを忘れてしまう。大学を卒業してまだ二年半だというのに、すっかり頭が硬くなっていることに気づいて愕然《がくぜん》とした。

「……だけど、がんばらなくちゃね」

思いを声に出して、深くうなずく。

今の仕事のためにも資格はあったほうがいいけど、私が正しいマナーや知識を身に付けることは、健さんのためにもなるはずだ。

私は傍らに置いていたペンを握り締め、参考書に載っている要点をノートに書きつけていった。

数ページぶんを書き写したあと、見返す。事務処理の手順などは普段からやっていることもあって問題なさそうだけど、マナーについては参考書だけじゃ少しわかりにくい気がする。

マナー教室に通ったほうがいいかなあ……。

ペンの頭を顎に押しつけて悩む。あとで近場の教室を探してみようと考えていると、来客を告げるチャイムが鳴り響いた。

誰だろう？

不思議に思いつつ、立ち上がる。

私も健さんも普段働いていて不在がちだから、家政婦の椎名さん以外がやってくることはまずない。宅配便も、健さんの指示で一旦マンションの管理人さんに預かってもらうことになっていた。

彼曰《いわ》く「唯香が一人の時に宅配便の業者を装った犯罪者がきたら危ない」からだそうだ。健さんは少し心配性なのかもしれない。

リビングの入り口まで移動して、インターフォンのパネルを覗き込む。そこには鍔《つば》の広い帽子を目深に被った、髪の長い女性が映っていた。

「はい、どちら様ですか？」

通話ボタンを押して応対する。と、女性は口元に手を当てて「あ、よかった。いらしたわ」と声を漏らしてから、パッと帽子を取った。

「こんにちは。突然、押しかけましてすみません。私、不破沙知絵と申します」

パーフェクトな笑みを浮かべた女性が、スッと頭を下げる。

肩から流れ落ちるまっすぐな黒髪を見つめ、私は身を固くした。

どうして沙知絵さんがうちを訪ねてきたのかわからない……けど、怖い。予想外な展開にすっかり混乱した私は、画面を凝視してぶるりと大きく震えた。

本音を言えば沙知絵さんと二人きりで会うのはつらいけど、追い返すわけにもいかず、とりあえず家に上がってもらった。

今日の彼女はふんわりした白のワンピース姿で、少し幼く見える。和服の時は清楚な感じだけど、洋服を着ると甘くなるのだと知り、羨ましくてまた胸が痛くなった。

リビングのソファへと案内する。どこからここまで歩いてきたのか、彼女はふうっと息を吐いて、ハンカチで額を押さえた。

汗をかくほど今日暑かったっけ……？

家の中にいても少し肌寒いと感じていた私は、内心で首を捻る。とりあえず暖房をつけるのはやめて、電気ケトルをセットした。

「飲みものとお菓子のお好みってありますか？　コーヒーとか紅茶とか、一通りはご用意できますけど」

もし好き嫌いやアレルギーがあると困るから、声をかける。

沙知絵さんはそっと微笑んで、首を横に振った。

「いえ、お気遣いなく。実は、お医者様からカフェインの摂取を控えるようにと言われておりまして……」

「まあ、そうなんですか。えーと……確か麦茶なら大丈夫ですよね？」

前から沙知絵さんの身体が弱いという話は聞いていたけど、口にするものにも色々と制限があるらしい。

うろ覚えな知識を総動員して尋ねると、彼女は嬉しそうにうなずいた。

「はい、麦茶でしたら。お手間をおかけしまして本当にすみません。ありがとうございます」

「そんな、いいんですよ。コーヒーを淹れるより楽だし、逆によかったかも」

沙知絵さんが気に病まないよう、少し茶化《ちゃか》して笑う。彼女も話に乗ってくれて、二人でクスクスと笑い合った。

ちょうど小早川の実家からいただいたお煎餅《せんべい》があったので、それをお茶うけにする。L字型に置かれたソファに座り、お煎餅を摘んで温かい麦茶に口をつけた。

同じようにお茶を飲んだ沙知絵さんは、おもむろに持参した包みを差し出してきた。

「今日、突然お邪魔したのは、これをお渡ししたくて」

受け取ってみれば、それは桃色の風呂敷に包まれた縦横四〇センチくらいの薄い箱だった。中身が何かはわからないけど、結構軽い。

「健さんに、ですか？　今日も仕事でいないんですけど……私が預かってもいいものなんでしょうか？」

私の問いかけに、彼女はゆるゆると頭を振った。

「いいえ、お二人のご結婚のお祝いに。できあがりが遅くなってしまったのですけど、お付き合いのある蔓《つる》編み作家さんにお願いをして、山葡萄《やまぶどう》の蔓でかごを作っていただいたんです。そのまま飾ってもいいですし、普段使いにして小物入れにしても素敵なんですよ」

「えっ……ありがとうございます」

どうして沙知絵さんから祝いの品を贈られたのかわからず、目をしばたたかせる。

驚く私を見た彼女は口元に手を当てて、ふふっと可愛らしく笑った。

「私のことは、まだ何も聞いておられませんか？」

「いえ、不破旅館のお嬢様で、健さんの幼馴染だと……」

ただの幼馴染じゃないこともよそから聞いているけど、それは気づかれちゃいけない。

沙知絵さんは屈託ない表情で浅くうなずく。

「ええ。記憶にはありませんけど、赤ちゃんの頃からの知り合いなのですって。健くんのお母様が不破旅館へ湯治《とうじ》にいらしてくださっていたので、私と彼も頻繁に会ううちに仲良くなったんです。本当に小さい時は、うちの庭でかくれんぼをしたり、館内で鬼ごっこをしたりで、よく叱られていたんですよ」

懐かしそうに目を細めた彼女が、幼い頃の健さんとの思い出を語る。

昔の健さんを知る沙知絵さんを羨ましく感じるのと同時に、私が何も知らされていないことに気づいて悲しくなった。

ついうつむいてしまいそうになるけど、無理やり顔を上げて微笑む。

「……そうだったんですか」

「はい。お互いに一人っ子で、少し特殊な環境に生まれたのも一緒で……幼馴染というより、同士と言ったほうが正しいかもしれません。ですから、お祝いの品だけは、どうしても自分の手でお渡ししたかったんです」

沙知絵さんは、なんの憂《うれ》いもないように健さんとの関係を語っていく。彼女の澄んだ瞳には、負の感情がまったく見えなかった。

どうしてそんなに晴れやかな顔ができるのだろう？

沙知絵さんにしたら、私は愛する人を奪った女だ。健さんが縁談をするより前に納得ずくで別れたのだとしても、複雑な心境には変わりないはず。

まして彼女はこの先、望まぬ相手との政略結婚をさせられてしまうのに……。なぜ、周りや私を恨まずにいられるのかがわからない。

私の胸の内で、沙知絵さんに対する嫉妬心と、同情のような気持ち、そして僅かな罪悪感が混ざり合う。健さんと沙知絵さんのことは、私がどうこうできるような問題じゃないとわかっている。しかし、本当にこのままでいいのかという疑問が頭をもたげた。

「そういえば先週、パーティー会場で沙知絵さんをお見かけしましたけど、お隣にいたのはご婚約をされた方ですよね……？」

「あら、恥ずかしいわ。見ていらしたの？」

沙知絵さんはパッと両手を頬に当てて、困り顔をする。

「そうなんです。私も先日、やっと結婚が決まりまして。……かなり年齢が違うから驚かれたでしょう？」

「え、まあ。でも歳の差のあるご夫婦は結構いらっしゃいますし」

まるきり嘘をつくのもわざとらしい気がして、曖昧に答える。沙知絵さんも「そうですよね」と同意したけど、その顔色はいいとは言えなかった。

また私の胸の奥がしくしくと痛む。

「あの、失礼を承知でお聞きするんですけど、沙知絵さんはその方と結婚していいんですか？実は、政略結婚だという噂を聞いてしまって。我儘《わがまま》を言えないお立場なのはよくわかっていますし、私に何かできるわけじゃないんですけど……それでも……」

ギュッと手の中の湯呑みを握り締めて、沙知絵さんを見つめる。

彼女は大きく目を瞠ったあと、慌てて首を左右に振った。

「いえ、いえ！　それは違うんです。きっと奥様は勘違いをして……うっ！」

何かを言いかけた沙知絵さんが、急に呻き声を上げて口を手で覆う。続けて立ち上がろうとしたけど、足に力が入らないようでふらりと倒れかけた。

「危ない！」

とっさに駆け寄り抱き止める。触れた彼女の身体が、ゾッとするほど冷たくなっていることに気づいて蒼褪《あおざ》めた。

恐怖と緊張で私の心臓の鼓動が激しくなる。

できるだけ衝撃を与えないように、彼女をそっとソファに寝かせて、スマホを取り出した。とにかく救急に電話をかけなきゃいけない……頭ではそうわかっているのに、指先がブルブル震える。

1を二回タップしたところで、服の裾を軽く引っぱられた。見れば、沙知絵さんが摘んでいる。

「すみ、ませ……大丈夫、です。きっと、貧血で……」

「大丈夫じゃないですっ。大変な病気だったらどうするんですか」

体調不良の人を相手にしているというのに、思わず大きな声を出してしまう。考えたくはないけど、ほんの些細《ささい》なことが重大な病気や事故に繋がることだってあるのだ。……お父さんの時みたいに。

私は沙知絵さんの言葉を聞かずに発信ボタンをタップする。

目を瞑り、苦しげに呼吸をする彼女は、血の気のない真っ白な顔をしていた。

救急に電話をかけ、沙知絵さんの症状を伝えたところ、とにかく病院へ搬送し精密検査をするとのことだった。

彼女自身は病院にいくのを嫌がっていたけど、これればかりは仕方ない。私は沙知絵さんに付き添い、搬送先へいった。

彼女が検査中の間に、健さんへ連絡をする。私は沙知絵さんのご家族の連絡先を知らないから、そこは健さんにお願いをした。

二時間後。私は処置室で点滴中の沙知絵さんの傍らに座って、ぼんやりとしていた。

かなりひどい貧血と軽い脱水症状に陥っているという彼女は、立て続けに様々な検査を行ったせいで疲れきってしまい、眠っている。

治療のおかげで症状が少し落ち着いたらしく、僅かに頬の血色が戻り、穏やかな寝顔をしていた。

背後でドアの開く音がする。音を立てないようにそっと振り向くと、そこには健さんがいた。

いつもはきちんと着込んでいるスーツのジャケットを小脇にかかえ、髪も少し乱れている。よほど急いできたのがありありとわかった。

「唯香。沙知絵は……？」

「あ、今眠っているの」

私は立ち上がって、口の前で人差し指を立てる。彼に近づき、二人で部屋の隅へ移動した。

もう一度、沙知絵さんのほうを確認してから、健さんに向き直る。

彼ははっきりと焦りの表情を浮かべて、私の肩を掴んだ。

「うちにきて、倒れたと聞いたが」

「うん。貧血と脱水症状ですって。今は水分補給の点滴をしていて、貧血もお薬で治るものみたい。ただ、その……」

そこまで話した私は、ほんの少し口をつぐむ。お医者様から告げられた事実を、沙知絵さんの許可を得ないで伝えていいものかとまどう。

「何か他にひどい病気が?」

私は静かに目を伏せて、ゆるゆると首を横に振った。

「病気というわけじゃなくて。……実は、沙知絵さんのお腹に赤ちゃんがいるらしいのよ」

眼鏡の奥で、健さんの目が大きく見開かれる。

「赤ん坊?」

「そう。たぶん五ヶ月目くらいじゃないかって」

私もさっき妊娠の事実を聞いて、飛び上がるほど驚いた。

でも、結婚をする前に子供ができるのは、最近では割とよく聞く話だ。沙知絵さんは成人女性なんだし、妊娠してもおかしなことはない。

健さんは虚《うつ》ろな目で少しの間、空中を見つめていたけど、やがて顔をしかめてうなだれた。

「……一体何を考えているんだ……子供ができて困るのは自分なのに」

苦々しい様子の彼に、ふと疑問を感じる。

「どうして困るの？」

たとえ順番が逆になってしまったとしても、沙知絵さんは婚約しているのだから、子供ができたって構わないはずだ。赤ちゃんの父親が婚約相手ならば。

健さんはサッと視線をそらして「色々と事情があるんだ」と答えた。

彼の態度に気づきたくなかった可能性を垣間見てしまい、ぎくりと身がこわばる。

事情って何？　……沙知絵さんの子供の父親は、本当にあの婚約者さんなの？

「健さん、もしかして、なんだけど……」

小刻みに震えながら恐ろしい想像を口にしようとする。けど、すべてを言い終える前に、沙知絵さんがかすかに呻いた。

ハッとして振り返る。

私より先に、健さんが彼女の傍へ駆け寄った。

「沙知絵、大丈夫か？」

「あ……健くん。きてくれたの？」

目が覚めたばかりでまだぼんやりしているらしい沙知絵さんは、たどたどしく健さんの名を呼ぶ。

見つめ合う二人を前にして、心臓がギュッと締めつけられた。

「あ、あの！　私ちょっと、お手洗いにいってくるねっ」

無理やり顔に笑みを貼りつけて後ずさる。健さんが返事をしないうちに、処置室を飛び出した。

閉まりきったドアに背中をもたれさせ、はあっと息を吐く。痛む胸を、服の上からきつく押さえつけた。

早くここから離れたいと思うのに、足が震えて動いてくれない。

処置室の中にいる二人の会話が、途切れ途切れに漏れ聞こえてきた。

「……唯香から聞いたが……子供はまずいだろう……――さんは、知っているのか？」

「だって、健くんも……でしょう？　ずっとずっと片想いをしていたのよ。もう……したくないの。家に振り回されるのは、たくさんだわ」

「それは……」

「健くんも、同じ気持ちのはずよ。……愛しているの。――も、この子も、諦めない。絶対に」

はかなげな沙知絵さんから出たとは思えない、強い言葉。彼女が諦めないというのは、きっと健さんのことなのだろう。そして、赤ちゃんの父親は……。

心が苦しくて、呼吸が浅くなる。潤んだ瞳を隠したくて目を閉じたところで、近くを通りかかった看護師さんに声をかけられた。

「あら、どうされました？　大丈夫？」

処置室
Treatment room

「あっ、すみません。平気です。急に知り合いが倒れたから、びっくりして疲れちゃったみたいで」

とっさにそれっぽい理由を告げ、軽く笑ってごまかす。

あいづちを返して離れていく看護師さんを見送り、私はもう一度、息を吐いた。

沙知絵さんの婚約者さんが到着するのを待って、私と健さんは病院をあとにした。

外に出てみると、すっかり日が落ちている。驚いて時計を確認してから、相当な時間が経っていることに気づいた。

お腹がすいたという健さんの提案で、夕飯を食べてから帰ることになった。

彼が運転する車に乗ってから、何を食べたいかと聞かれたけど、正直に言って何も食べたくない。昼からの騒動と衝撃の事実を知らされたことで心が疲れきり、食欲をなくしてしまっていた。

助手席から外の景色をぼんやり眺めつつ「なんでもいい」と答える。

投げ遣《や》りな私の態度を、健さんが不審がっているのはわかったけど、取り繕う元気さえ湧いてこなかった。

沙知絵さんが運ばれた病院から家までの間には飲食店が少ないというので、反対方向へ少しいったホテルのレストランにやってきた。

健さんは接待で何度かきたことがあるらしく、彼のおすすめのお料理を言われるまま注文する。

出された茸《きのこ》のパスタはいい香りで、本当においしそうだったけど、口に入れても味がまったく感じられない。このレストランが悪いわけじゃなく、私にお料理を楽しむ余裕がないのが原因だというのはわかりきっていた。

砂を噛むような感じって、こういうのをいうのかな……なんて、どうでもいいことを考えながら咀嚼する。

三口ほど食べてから、同じものを口に運ぶ健さんに目を向けた。

初対面の時から目を引かれた容姿はやっぱり格好よくて、毎日一緒にいる今も眺めるだけで少し胸の鼓動が速くなる。

背筋がまっすぐで、食べる時の所作が美しい。

初めの頃に彼をロボットみたいだと感じたのは、非の打ちどころがないくらい整った顔と表情の乏しさのせいだと思っていたけど、洗練された無駄のない動きもちょっと人間離れして見えるからなんだろう。

あと何回、こんなふうに向かい合って食事ができるのかな？

今日、病院へいったことで、沙知絵さんの妊娠が明らかになった。彼女は今、妊娠五ヶ月だそうだから、健さんが結婚するぎりぎり前まで、二人は付き合っていたのに違いない。

きっと近いうちに、お腹の赤ちゃんの父親が誰なのかという騒ぎになるはずだ。そうなった時、健さんが私ではなく、沙知絵さんと赤ちゃんを選ぶのはわかりきっていた。

突然、手に力が入らなくなって、フォークを取り落とす。鈍い音を立ててテーブルクロスの上を転がっていくフォークへ目を向けるのと同時に、ぽたぽたと涙がこぼれ落ちた。

「あ……」

震える指先で目元を押さえる。こんなふうに人前で泣くなんてみっともなくて嫌なのに、堰をきったように流れる涙は止まってくれない。

「唯香⁉」

私が泣きだしたことに気づいたらしい健さんが、声を上げて立ち上がる。

とにかく周りの人に泣き顔を見られたくなくて、両手で顔を覆い隠してうつむいた。

「ごめ、なさい。私……」

しゃくりあげそうになるのを必死で堪えて、謝罪の言葉を口にする。

健さんはオロオロしながら「急にどうしたんだ？」と聞いてくるけど、それには答えられない。

沙知絵さんと赤ちゃん、そして健さん自身のためにも、三人は家族になって一緒に暮らしたほうがいいとわかってる。たとえ沙知絵さんの身体が弱くても、それぞれの家の都合があっても、家族でお互いに助け合い、支え合えば乗り越えていけるはずだ。

……でも、私は健さんと別れたくない……！

私一人の我儘が通せるような状況じゃないのは知っている。生まれてくる赤ちゃんから父親を取り上げるなんて残酷なことができないというのも理解している。けど、私の中にある彼への愛情が、絶対に嫌だと駄々っ子のように喚《わめ》き散らしていた。


健さんは、涙が止まらなくなってしまった私のためにホテルの部屋を取ってくれた。

無駄なお金を使わせてしまうことを申し訳なく思うけど、部屋に移動してから少し経った今も、涙はとめどなく溢れ続けていた。

「大丈夫……じゃなさそうだが、急にどうしたんだ？」

健さんは、ベッドに座る私の向かいに屈んで、心配そうに顔を覗き込んでくる。色々と迷惑をかけていることを謝りたいのに、口を開くたびに派手にしゃくり上げて言葉にならなかった。

「一体、何があった？　あの店が気に入らなかったのか？」

彼は原因を探ろうとあれやこれや尋ねてくるけど、私はタオルに顔を埋めて首を左右に振ることしかできない。

結局、困り果てたらしい健さんは、私をそっと抱き締め、背中を撫で続けてくれた。

どれほどの時間そうしていたのか、瞼が腫れぼったくなって、拭いすぎた鼻がヒリヒリ痛む。恐る恐るタオルから顔を上げると、涙は止まっていた。

「健、さん」

ひどくかすれて鼻にかかった音が喉から出てくる。なんだか自分の声じゃないみたいだ。

健さんは私を抱いていた腕をゆっくり解いて、不安げなまなざしをよこした。

「もう平気か？」

こんな時だというのに、彼が私に対して感情を見せてくれることに喜びを感じてしまう。愚かな自分を内心で笑って、私は静かにうなずいた。

「うん。ごめんなさい」

本当は全然大丈夫じゃない。でも、いつまでも泣いてばかりはいられないから、平気なふうを装う。

健さんは私の嘘に気づくことなく、ほっとしたように肩の力を抜いた。

「いきなり泣きだした理由を教えてくれるか？」

……理由なんて言いたくないし、沙知絵さんと赤ちゃんのことを考えると、一度引いた涙がまた溢れそうになる。

私はぐっと歯を噛み締めたあと、覚悟を決めて健さんの目を見つめた。

「あのね……私、あなたのことが好きなの」

「え。……あ、ああ、うん。そうか」

彼には私の気持ちが意外だったようで、あからさまに身を固くしたあと、そわそわと視線をさまよわせた。

健さんにとって、私の想いがただ邪魔でしかないことは充分にわかっていたけど、態度に出されるのはやっぱり傷つく。じわりと浮いた涙をタオルの端でギュッと押さえつけた。

「だから、本当は別れたくない。だけど、沙知絵さんに健さんが必要なことも、ちゃんとわかってるから……」

その先は唇が震えて言い出せない。ちゃんと「離婚してもいい」と伝えなきゃいけないのに、どうしても言葉にできなかった。

健さんの顔色がみるみる蒼くなっていく。パチパチとまばたきを繰り返したあと、何かを言いかけては呑み込み、少ししてから囁くような声を出した。

「きみは、何を言ってる？　……誰と、誰が、別れるんだ？」

「……私と、健さん、だよ」

彼と同じくらいの小声で答える。と、もの凄い力で両肩を掴まれた。

「きゃっ」

「なんの話かは知らんが、俺は別れないぞ。絶対にだ！」

私が上げた悲鳴と、健さんの強い声が重なる。驚いて彼を見れば、眉間にくっきりと皺が刻まれていた。

なんで健さんが怒るの？　私が身を引くと言っているのに……。

「それじゃあ、沙知絵さんはどうするのよ。彼女は妊娠してるんでしょ？」

「沙知絵のことは、婚約者と両親とで話し合うだろう。確かに俺とあいつは幼馴染だが、そこまで私的なことに口は出さない。……大体どうして沙知絵が妊娠したからといって、俺たちが別れなければならないんだ？」

「だって……私と結婚するまで付き合っていたんじゃないの？」

「はあ⁉」

息がかかりそうな距離で、じっと見つめ合う。

しばらくそうしていたけど、健さんが降参するように両手を挙げた。

「わかった。たぶん俺たちは何か互いに勘違いをしている。きちんと話し合おう。それでいいな？」

彼に念を押され、首を縦に振る。

私がうなずくのを見た健さんは、一度立ち上がり、私の隣に腰を下ろした。

「まず、さっき唯香がした質問だが、俺は沙知絵と交際はしていない」

「なら、沙知絵さんのお腹の赤ちゃんは誰の子なの？」

「それはもちろん婚約者との赤ん坊だ。沙知絵が他の男と付き合うことは絶対に考えられないからな」

「……でも、赤ちゃんの父親はずっと片想いをしていた相手だって……」

病院で立ち聞きした、沙知絵さんの言葉が脳裏をかすめる。状況的に考えて、彼女と婚約者さんが政略結婚をさせられるという噂は真実味《しんじつみ》があった。

健さんは私の言葉を聞き、少し呆れたように溜息を吐いた。

「それで、沙知絵の片想いの相手が俺だと思ったのか。あいつはな、物心ついた時から料理長一筋なんだよ」

「え、沙知絵さんの物心がついた時って、年齢が……」

彼女とお相手には二十歳くらいの年齢差がある。健さんの話が事実だとするなら、沙知絵さんは子供の頃から、親ほどの年齢の男性に恋焦がれていたということだ。

彼はぐっと深くうなずき、遠くを見るように目を細めた。

「幼い頃の沙知絵は今よりももっと虚弱で、あまり家の敷地から出られなかったんだ。学校も休みがちで、同年代の友達は俺だけだった。だが、俺は母親の湯治の付き添いでしか不破旅館へいかないから、会うのはせいぜい月に一度か二度程度。沙知絵の両親は旅館の仕事が忙しいし、独り寝床で暇を持てあましていたあいつを、いつも気にかけていたのが料理長……つまり今の婚約者だ」

「そう、なの」

あいづちを打ちながら、子供の頃の沙知絵さんに心を重ねる。身体が弱いのも、家業が忙しいのも仕方ないことだけど、きっと凄く寂しかったはずだ。

「おそらく料理長は、自分の子供代わりに沙知絵を可愛がっていたんだと思う。あの頃にはまだ前妻と婚姻関係にあったはずだが、子供はできなかったようだしな。沙知絵のほうも最初は無邪気に慕っていて……年齢が上がるにつれて恋愛感情に変わっていったらしい」

「それなら何も問題ないじゃない。料理長さんは離婚していてフリーなんでしょ？　……まあちょっと歳の差はあるけど、沙知絵さんが妊娠を隠す意味がわからないよ。それに健さんだって、病院にいた時『子供ができて困る』って言ってたし」

健さんの説明だけでは納得できない疑問を並べ立てる。

少し困ったように眉尻を下げた彼は「だから、それには理由があって」と言いかけてから、頭を振った。

「いや、やはり、きみにもきちんと話そう。……沙知絵の家が歴史のある旅館だというのは、前に訪れているからわかるだろう？」

「うん。凄く立派なところだった」

「そうだ。そして、沙知絵はそこの一人娘なんだ。親としては当然の反応なのかもしれないが、娘が遥かに年上で家業の雇い人でもある男に想いを寄せているのを見て、あいつの両親はいい顔をしなかった」

「釣り合っていない、ということ？」

伝統だとかセレブ思考だとかがわからない私は首を捻る。

健さんは少し難しい顔をして、緩く腕を組んだ。

「いや。おそらくそういうことではなく、純粋に娘が心配なんだと思う。沙知絵には生まれつき心臓の機能障害があってな。激しい運動や労働はできないし、疲労、ストレスにめっぽう弱い。両親が健在なうちはあいつを助けてやれるが、この先のことを考えると、二十歳以上も年上の相手は不安になるんじゃないか？　それに、料理長自身はかなり腕の立つ職人だが、それ以外に後ろ盾を持っているわけではないんだ。もし何かが起きて不破旅館が傾いた時に、沙知絵を守りきれないと思われているのかもな」

そう言われれば、そうなのかもしれない。

同じ女性として、恋をした沙知絵さんの想いはよくわかる。だけど、娘の身体と将来を心配するご両親の気持ちも理解できてしまう。

他人事ながら難しい問題に頭を悩ませていると、隣に座る健さんが何かを考え込むように低く唸った。

「……あれは高校に入学したくらいの頃だったか。たぶん若気の至りというやつなんだろうが、時間も場所もわきまえずに料理長を追いかけていた沙知絵は、両親からひどく叱られてな。まあ、当時は料理長もあいつを雇い主の子供としか思っていなかったし、旅館の仕事の邪魔にもなっていたから当然だ。それで、これ以上周りに迷惑をかけるなら他の男と婚約させて、料理長を解雇すると半ば脅された」

「そんな……！」

思わず声を上げる。確かに沙知絵さんがしていたことはよくないけど、無理やり好きな人と引き離した上、別の人と婚約させるなんて！

憤慨する私を見た健さんは「わかっている」と答えるようにゆっくりまばたきをした。

「沙知絵の両親も実際にする気はなかったと思うが、きつく言っておかなければ、いつまでも諦めないと考えたんだろう。それで、あいつはすっかり怯えてしまった。もちろん、料理長を追いかけ回すのはやめたが、それだけでは心配だと言って、俺に恋人のふりを頼んできたんだ」

「恋人のふり？」

「ああ。沙知絵が言うには『親に叱られて目が覚めて同年代の男子と付き合うことにした』というカモフラージュらしい。正直バカバカしいと思ったんだが、料理長が解雇されるかもしれないと泣かれてはどうしようもないからな。しぶしぶ引き受けた」

脳裏に今まで聞いた噂話が浮かんでくる。

先週のパーティー会場で遭遇した女性たちは、健さんについて「なんで不破旅館の彼女と結婚しなかったの？　幼馴染で、ずーっと付き合っていたんでしょう？」と言っていた。

「私と結婚するまで、その恋人のふりを続けていたということ？」

「……続けていたというか、積極的に何かをしていたわけじゃない。それまでと同様に不破旅館へ通い続けていたら勝手に噂が広まった。あとは直接、沙知絵と付き合っているのかと聞かれた時に、否定も肯定もしなかっただけだ」

健さんはまったく興味がないというふうに、淡々と事実を語っていく。彼の態度を見れば、嘘をついていないとわかる……でも……。

「健さんは、沙知絵さんを本気で好きになることはなかったの？」

本当はこんな質問をしちゃいけないとわかってる。過去に健さんが沙知絵さんをどう思っていても、今はもう関係ないのだから。

だけど、はっきりさせておかなければ、私の中の醜い嫉妬心が鎮まらないように思えた。

驚いたように少し目を見開いた健さんは、次に私をまっすぐ見つめてきた。

「なかった。そして、この先もない。沙知絵は俺と同じ歳だが、妹のような感じなんだ。同じくらい面倒くさい家に生まれたからだろうな。どうにも他人とは思えなくて」

彼の説明で、あっけないほど簡単に私の心が落ち着く。自分にも弟がいるから、やたらと心配になる気持ちも、つい余計な口出しをしてしまうことも理解できた。

「それなら不破旅館に泊まった時、夜遅くにこっそり二人で会っていたのはどうして？」

「なんだ、気づいていたのか。あの時は唯香がぐっすり寝ていたから起こさなかったが、沙知絵はきみに会いたいと言って訪ねてきたんだ。遅い時間だったのは、新館落成式の片付けに時間がかかったせいらしい。普段はあんなに遅くまで手伝うことはないそうだが、不破旅館の一大行事だから、あいつもがんばったんだろう」

何もかも私の想像とは違う答えを知らされ、ぽかんとしてしまう。

彼の言葉を証明するように、あの時、沙知絵さんが言っていた「健くんの奥様、素敵な方ね。無理を言って連れてきてもらってよかったわ」という言葉が脳裏をかすめた。

「でも……なんで、沙知絵さんは私に会いに……？」

「俺が沙知絵を妹のように思っているのと同じで、あいつも俺を兄同然に見ているからだろうな。俺が――」

続けて何かを言いかけた健さんが、慌てた様子で自分の口を手で押さえた。

突然の行動に目をまたたかせる。私がどうしたのかと聞くより早く彼は立ち上がり「少しだけ待っていてくれ」と言い置いて部屋の鍵を掴み、廊下へと出ていった。

茫然として健さんを見送る。

なんの前触れもなかったから仕事などで急用ができたとは思えない。そもそもスマホが鳴っていない。トイレや洗面所は室内にある。彼は煙草《たばこ》を吸わないし……いったいどうしたの？

頭の中をクエスチョンマークで一杯にしていると、健さんは五分も経たないうちに戻ってきた。彼の手に缶ビールとお茶があるのを見て、私は目を瞠る。

健さんはあまりお酒に強くない。味は嫌いじゃないそうだけど、特にビールと相性が悪いようで、呑むと酔っ払ってしまうのだそうだ。

また私の隣に座った彼は、お茶を差し出してくる。

「唯香はさっきたくさん泣いたから、水分補給をしたほうがいい」

「え、あ、うん。ありがと」

小さくお礼を言って受け取る。

健さんは無言で浅くうなずいたあと、缶ビールを開けて口をつけた。

「……あの、健さん……ビール呑んで、大丈夫なの？」

彼の行動の意味がわからなくて、恐る恐る問いかける。健さんは私の質問に答えないまま、ぐいぐいとビールを傾けて、空になった缶をサイドテーブルに置いた。

「大丈夫じゃない」

「それなら、なんで……」

苦手なビールを一度に呑んで苦しかったのか、健さんははあっと息を吐いて前屈みになり、顔をしかめた。

「——さっきの話の続きだが、沙知絵が唯香に会いたがっていたのは、俺たちが兄妹に近い関係だったのと、俺がきみのことをちょくちょく相談していたからだ」

「相談？」

「きみはまったく覚えていないようだが、俺は見合いより前にきみに会っている」

……え？

また意外な話が飛び出し、私は健さんの横顔をじっと見つめた。

「初めて唯香を見かけたのは、きみの父親の通夜の時だ。うちの親が参列するというから、俺の車で送っていった。あの日は偶然、家の運転手の都合がつかなくてな。一般のハイヤーではお袋が車酔いしてしまうんだよ」

彼の言葉で、当時のことが蘇る。

とても寒い雨の夜だった。大好きだったお父さんを突然失った私は、ガタガタ震えながら、お通夜にきてくださった方々に頭を下げ続けていた。

「……当たり前だが、きみは憔悴《しょうすい》しきっていて。しかし、無理に気丈に振る舞っていた。その姿があまりに痛々しくて印象に残ったんだ」

「そんなこと、全然知らなかった」

「ああ。俺は離れたところで見ていることしかできなかったしな。次にきみに会ったのは、その数ヶ月後だ。俺は小早川グループ内の孫会社に修行を兼ねた出向中で、そこの専務の秘書というか、見習いのようなことをしていた」

「へ……」

自分の口から間抜けな声が漏れ出る。小早川興産の孫会社の専務さんには、心当たりがあった。

先週のパーティーで専務さんが言いかけていたのは、もしかしてこのことだった？

健さんは一度、言葉を切って目を閉じ、少ししてから開いた。

「その専務は加納製作所との取引責任者になっていて、契約手続きの場に俺も同席したんだ。相手側は社長とその秘書……つまり、お義母さんときみがきていた。お互いに挨拶をして、名刺交換をする段になってから――」

「嘘、でしょ？　あの時、健さんがいたの⁉」

彼の言葉を遮るように、声を上げる。うなずく健さんを見た私は、ざあっと蒼褪めた。

今、はっきり思い出した。その契約手続きの際に、私は自分の名刺を忘れるという大失態を犯したのだ。

ありえないミスをしてオロオロする私に、相手の専務さんは「大丈夫」と優しく声をかけてくれたし、お母さんもフォローしてくれた。

でもお相手の会社に申し訳なくて、自分が情けなくて。……私は深く謝罪したあと、名刺ではなく直接自分を知ってもらうために、就職面接さながらの自己紹介をして乗り切った。

幸い、専務さんは私の対処を好意的に見てくれて契約はうまくいったけど、今でも顔から火が出るほど恥ずかしくてみっともない思い出だ。それを健さんに見られていたなんて！

私は自分の頭をかかえて、低く唸る。

「ううー……お願いだから、そのことは全部忘れて」

「なぜ？」

「そ、そんなの、格好悪くて思い出したくないからに決まってるでしょ！」

自分の身勝手と知りつつも、ちょっとキレぎみに理由を説明する。

健さんは私と目を合わせて、軽く首を捻った。

「意味がわからん。俺はきみを格好悪いとは思っていない。……あの場で、名刺を忘れたことに気づいたきみはかなり混乱しているようだった。大学を出たばかりの娘が秘書をしているという噂は事前に聞いていたから、ビジネスに不慣れなきみが泣きだしてしまうんじゃないかと思っていたんだ。だが、きみは専務と俺に失態を詫《わ》びたあと、急に強いまなざしで自己紹介を始めた。ただ謝っただけでは済まさない姿に驚いた」

そこで健さんは気だるげに溜息を吐いて、前に向き直る。酔いが回ってきたのかもしれない。

「……ほんの数ヶ月前に父親を亡くし打ちひしがれていたきみが、逆境を跳ね除けて強くあろうとするのを見て……その……俺はたぶん、やられたんだ」

「え、何が？」

つけ足された言葉が何を指しているのかわからずに聞き返す。

彼は渋いものでも食べたみたいに顔を歪ませて、自分の右手の甲を額に押しつけた。

「だから、つまり、俺は、きみに……こいを、したらしい……」

こい……こい？　って……恋⁉　嘘でしょ？

健さんの口から出たとは思えない単語に目を剥《む》く。

彼が、私に、恋をしたの？　でも……。

「らしいって、どういうこと⁉」

彼の中途半端な表現に口を曲げる。健さんが最初から私のことをそういう目で見てくれていたのは、とても嬉しいことのはずなのに、手放しで喜べない。

「沙知絵に相談したら、そう言われた。し、仕方ないだろう、それまでこんな気持ちになったことがないんだから……っ」

やけっぱちっぽく吐き捨てた健さんは、ぷいとそっぽを向いてしまう。

耳どころか首の根元まで真っ赤なのはお酒のせいなのか、それとも……。

手を伸ばして、そっと彼の肩に触れる。健さんはひどく大げさにビクッと震えた。

「ねえ、健さん。本当に？」

「こ、こんなことで嘘がつけるか！」

半ば叫ぶように荒っぽい声を出して、彼はパッとこちらを振り向く。険しい表情のせいで、愛の告白をしているようにはとても見えないけど、その顔は首と同様に赤かった。

すっかり治まっていたはずの涙が、また瞳に溜まる。

私が泣きだしたのを見た健さんは、あからさまにうろたえて「なんで今泣くんだ⁉」と声を張り上げた。

理由なんて私にだってわからない。ただ嬉しくて、胸の奥が苦しくなって、涙が溢れる。

感極まった私は、倒れ込むように健さんの胸へ飛び込んだ。

濡れた頬を彼の胸元に押しつける。シャツが汚れてしまうかもしれないけど、そんなことには構っていられなかった。

健さんは私を緩く抱き込んで、背中を撫でてくれる。私はぐずぐずと鼻を鳴らしながら、今まで悩んできたことをすべて打ち明けた。

結婚前から放っておかれ、健さんには愛情がないのだろうと感じていたこと。

私だって条件だけで結婚を決めたのだから、最初は彼に特別な感情なんて持っていなかったけど、身体を重ねて一緒に暮らすうちに、健さんのことがすっかり好きになってしまったこと。

ちょうど同じ頃に沙知絵さんの存在を知り、様々な噂を耳にして、二人の仲を疑ったこと。

そして沙知絵さんのお腹にいる赤ちゃんの父親が健さんだと思い込んで、身を引こうとしたこと――。

最後まで聞き終わった健さんは、長い溜息を吐いて「そうか」と呟いた。

「唯香は少し思い込みの激しいところがあるんだな。俺に聞けば、隠さずに答えたんだが」

彼の言葉にキュッと唇を噛む。

健さんの指摘は実際とは少しだけ違う。確かに私は思い込みが激しい部分もあるけど、それ以上に臆病なのだ。もし健さん本人に尋ねて、一番知りたくない答えを突きつけられたら……と思うと怖くて何もできなかった。

いくら怯えていたとはいえ周囲の噂に振り回され、健さんと沙知絵さんの関係を勘繰ったのは、きっと彼にとって失礼なことだ。

きちんと謝るべきだと考え、顔を上げると、健さんは私の前で小さく頭を振った。

「いや、すまない。唯香のせいではないな。そもそも、きみが勘違いをするような態度を取った俺が悪い。情けない話だが……実は俺はきみに会うまで女性に対して好意を持ったことがないんだ。交際したことはあっても、相手から声をかけられるばかりで。しかもその女性たちが言うには、俺は付き合ってみると、ひどくつまらない男なんだそうだ」

そんなことはない……とは言えない。

今は健さんのことが大好きだから、どんなふうでも素敵だと思えるけど、以前は私も、彼のことを人間味のない人だと思っていた。

「そう、かな？」

少し後ろめたく思いながら曖昧にあいづちを打つと、健さんははっきりとうなずいた。

「ああ。自分でもそう思う。特に唯香の前だとひどい。緊張して顔はこわばるし、気の利いた言葉も言えない。だから、きみに交際を申し込むことができなかった。断られるのはわかりきっていたからな」

健さんのカミングアウトに唖然とする。

彼がロボットみたいに無表情で無口なのは、私のことが好きだからなの⁉

前に不破旅館へいった時、健さんが沙知絵さんに笑いかけるのを見て、彼女が彼にとっての特別な女性なのだと思ったけど、実はあれが普通で、無表情のほうが特別だった？

しかも今の話からすると、健さんは私と初めて会ってからお見合いの日まで、二年も秘めた片想いを続けていたことになる。

いつだったか、うちのお母さんが健さんのことを「すっごく照れ屋さんなんだって」と言っていたけど、その通りだったらしい。

「……じゃあ、あのお見合いも、健さんの希望だったってこと？」

「まあ、そうだ。唯香のことは沙知絵に相談しただけで、他の誰にも言っていなかった。おかげで、去年くらいから別の女との縁談がやたらとくるようになったんだ。俺と沙知絵が交際しているという噂は、時間が経ちすぎて消えかけていたしな。だが毎度、俺が相手に会うまでもなく断るから、おかしいと思われたんだろう。お袋に追及されてしまって……」

「そうだったの」

こくんとうなずく健さんを見て、肩の力が抜ける。本当に全部、私の思い違いと勇み足だったようだ。

「じゃあ、結婚したあとに一ヶ月近く、私を放《ほ》ったらかしていたのは？」

「……わざと放っていたわけじゃない。実際に仕事が忙しかった。見合いの前に結婚式場は押さえていたが、段取りにあれほど手間と時間がかかるとは予想していなかったんだ。唯香の気が変わらないうちに結婚したくて焦っていたから、その間、後回しにした業務に追われていた。少し落ち着いたあとに俺の気持ちをきちんと伝えて、本当の意味での夫婦になりたいと……要は、その、セックスはそれまで我慢しようと」

だんだん健さんの声が小さくなっていき、最後のほうはかすれた囁きになった。

彼が私のことを誠実に考えていてくれたと知って、嬉しく思うのと同時に、自分がしたことを後悔する気持ちが湧いてくる。いくら彼が無口でわかりにくい性格をしているといっても、無理やり襲っていいわけがない。

「あの時は、ごめんなさい」

申し訳なさすぎて、私の声も小さくなる。

はっきり言って気持ちよかったし、健さんも凄く興奮していたから、結果的に見ればアリなんだろうけど、心の中が罪悪感で一杯になった。

私の謝罪を聞いた彼は、小さく首を横に振る。

「いいんだ。唯香の趣味には少し……いや、かなり意外で驚きはしたが、俺は自分のことばかりできみの気持ちを考えていなかった。それに、俺はきみにリードされるのが結構好きらしい。……あ、いや、縛るのは困るが」

最後につけ加えられた言葉に、思わずクスッと笑ってしまう。

「あれはもうしないよ。ドキドキはするけど、手が使えないと健さんに抱き締めてもらえないもの」

「ああ。俺もあの時はきみに触れたくてたまらなかった」

言葉と同時に漏れた溜息で、それが彼の本心だとわかる。

前に、健さんを縛った時の贖罪のつもりで同じことをされたけど、彼を抱き締められなくて凄くつらかった。

私を縛り上げた健さんが「あの時の俺がどういう気持ちだったのか、きみも知ればいいと思う」と言ったのは、焦らされる苦痛をわからせたいということじゃなく、触れられないもどかしさを指していたのだろう。

健さんの背中に腕を回して、ギュッと力を込める。

今こうして抱き合えることが嬉しい。思いきり首を反らし、健さんと目を合わせると、彼の顔が近づいてきた。

微笑んでそっと目を閉じる。少し冷たくて柔らかい彼の唇が、私の口を塞いだ。

一度、軽く触れ合わせて離す。薄く目を開けて、笑い合い、また口づける。

啄《ついば》むようなキスを何度も繰り返して、唇が熱っぽくなった頃、健さんの舌が口の中にするりと入ってきた。

「ん……っ……」

私の鼻から甘ったるい声が漏れ出る。ごく自然な反射だとわかっているけど、ちょっと恥ずかしい。

ゾクゾクした感覚が腰の辺りから背中を駆け上り、頭の奥を痺れさせた。

口の内側を舐められ、唾液が混じり合い、クチュクチュと水音が立つ。敏感な粘膜と舌を撫でられるたびに胸の鼓動が一段ずつ速くなり、呼吸がせわしなくなった。

健さんにしがみついて、夢中でキスを続ける。想いが通じ合ったおかげで、今までよりもずっと気持ちいい。

彼も同じように感じてくれているのか、キスだけで息が乱れていた。

ひとしきり口づけを続けたあと、健さんは名残惜しいというようにゆっくりと顔を離した。

そして、熱を帯びた目を向けてきた。

「悪い。このまま、いいか？　堪えきれそうにない」

欲望を剥き出しにした言葉に、まばたきでうなずく。

「私も我慢できない」

そう答えた瞬間にかかえ上げられ、気づけばベッドに押し倒されていた。

ホテルのルームランプが放つ淡い灯りの中で、健さんの瞳がギラギラと光っている。激しく求められているのを感じて、私はごくりと唾を呑み込んだ。

性急な手つきで着ていたカットソーをめくられて、一緒にブラも押し上げられる。こぼれ出た膨らみの先に、いきなり吸いつかれた。

「あっ、や、強い……っ」

痛みと変わらないくらいの快感が頭のてっぺんまで突き抜け、ぐんっと仰け反る。

身を固くしてビクビクと震えていると、彼は胸の尖りを甘噛みしながら、先端の平らになっているところを舌先でくすぐった。

「はぁ、ん、ぁ、あ……それ、だめぇ」

鈍い痛みと強く甘い感覚が混じり合い、じっとしていられない。もじもじと身体を揺らして感覚を逃がそうとするけど、健さんはもう一方の乳房に手を当ててぐにぐにと揉み始めた。

手のひらの硬い皮膚に乳首が擦れて、ビリビリした感覚が広がる。口と手で膨らみを両方とも刺激され、下腹部が強くこわばった。

胸から溢れた快感が秘部へと伝わり、もう一ヶ所の尖りが疼きだす。

「あ、すご……胸、気持ちぃ……！」

はしたなく腰を揺らしながら喘ぎを上げる。

健さんは一度口を離して「俺もだ」と呟いた。

「う……ん？」

なんのことかわからずに彼を見つめる。

ちらりと私を見返した健さんは、すぐにふいっと顔を背けてしまった。

「……唯香の可愛い顔を見て、声を聞くと、俺も気持ちいい」

ぼそぼそと伝えられた言葉にぽかんとする。まさか健さんがこんなに甘いことを言うとは思ってもいなかった。

もしかしたら、さっき呑んだビールのせいで、いつもより饒舌《じょうぜつ》になっているだけなのかもしれない。けど、ほんの少しでも彼に可愛いと思ってもらえたなら嬉しい。

喜びが強い愛情に変わり、心を満たす。私は健さんの頬に手を添えて微笑んだ。

顔に触れられたのにつられて、彼がこちらを向く。

「健さんが好き。だから、もっとして。目いっぱい愛して」

照れ屋な健さんは想いを伝え合っても、まだ私の前で表情がうまく作れないらしく、真顔のままだ。でも、熱情にまみれて潤んだ瞳と、火照った目元で彼の気持ちがわかった。

「……ああ」

健さんは絞り出したような囁き声で応じると、また私の胸に顔を埋めた。

さっきと同じように両方の乳房を愛撫される。左を吸われたかと思えば右に変えられ、優しく撫でられたあとに歯を当てられて、全体がじんじんするほど苛まれた。

真っ赤に染まり、窄まって脈打つ乳首は、空気の流れだけでも刺激に感じてしまう。私はもう限界だという意味を込めて、ふるふると首を左右に振った。

「健さ……もう、そこ、やだ……」

執拗に胸ばかりを弄られるのは、焦らされているのに近い。先を期待した秘部が急かすようにヒクヒクと蠢《うごめ》いて、蜜を滴らせていた。

健さんは「わかった」と短い返事をして上半身を起こし、手の甲で雑に口元を拭う。いつもきちんとしている彼からは想像できない粗野な仕草が意外で、ドキドキが更に加速した。

両方の膝を掴まれて、強引に開かれる。

沙知絵さんの来訪が急だったせいで部屋着のまま出てきたから、スカートの下にはショーツしか穿いていない。クロッチの部分が私の溢れさせたもので湿っていることは、確認しなくてもわかっていた。

健さんは私の足の間を覗き込み、小さく声を上げる。

「凄いな。こんなに濡れて……」

「だ、だって、気持ちよかったし」

浅い呼吸を繰り返しながら、言いわけにもならない理由を口にして目をそらす。エッチなことをしているんだから、当然の反応なんだけど、なぜか恥ずかしい。

健さんは私の話を聞いているのかいないのか、何も答えずに濡れている部分を指先で押してきた。

かすかな水音が聞こえたのと同時に、じわじわと快感が広がる。けど、足りない。もっと強くしてほしい。

震える足を必死で突っ張って身体をずらし、彼の指に秘部を押しつける。

私が動いたことに驚いたのか、健さんは足の付け根に当てていた指をパッと引いてしまった。

「あっ。やだぁ……もっと……」

自分でもみっともないと思うほどはしたなくねだり、腰を揺らす。

私を見下ろした彼は、少し呆れたように短く息を吐いた。

「きみは本当にいやらしいな。……だが、そういうところも……」

健さんは言葉の途中で、指をショーツの脇から入れてくる。敏感な場所を直接触られたせいで、くすぶっていた感覚が一気に燃え上がった。

「は、あ、あぁー……っ！」

反射的に身体がこわばり、喘ぎが迸る。自分の声で健さんの声が掻き消され、彼が何を言っていたのか、終わりまで聞き取れなかった。

健さんは指の背で、秘部全体をゆっくりと撫で上げる。ちょっと優しすぎるくらいの愛撫。

だけど、熟れきった皮膚と粘膜は甘苦しい感覚を生み出す。

彼の指が行き来するたびに短く声を上げ、身体を震わせていると、健さんはもう一方の手でショーツを退けて秘部を覗き込んだ。

何をされるのかに思い至った私は、近づいてくる彼の頭を慌てて手で押し返した。

「だ、だめっ！　お風呂に入ってないから」

綺麗にしていない状態で秘部を舐められるのは絶対に嫌だ。汚れが気になるし、それで彼に幻滅されたら、きっと立ち直れない。

ブルブルと首を左右に振って「だめ」「いや」と言い募る。

健さんは背中を丸めたまま、少し不満そうな様子で私を見上げてきた。

「どうしてだ？　唯香だって最初の時、風呂に入る前の俺に色々としただろう」

「あ、あれは、その、勢いみたいな感じだったし……口ではしなかったし……」

苦しまぎれの言いわけを、ぼそぼそと呟く。

彼には私の弁明が理解できないらしく、きょとんとして首をかしげた。

「口でしようとしまいと、たいした違いはないように思う。それに俺は唯香を汚いとは思っていない。むしろ、きみの匂いが強くて余計に興奮する……」

健さんの口から出た信じられない台詞《せりふ》に目を剥く。

ちょっと偏屈っぽくて、性的なことに関しては真面目で潔癖。私を「変態」と非難していた彼が、こんなことを言うとは。

私が唖然としているうちに、彼は素早く足の付け根に顔を寄せ、滲み出る蜜を舌で舐め取った。

「ひあぁんっ」

ほんのちょっと舌先が触れただけなのに、刺激を待ちわびていた秘部は大げさに反応する。つられて、私もはしたない声を上げた。

「や、あ、ぁ、やめてぇ……！」

とにかく嫌なのだと口にして、頭を振った。

私がどれだけ言葉で拒否しても、健さんは無視して愛撫を続ける。

本当は、彼を押し退けて拒みたいけど、秘部を舐められるたびに手から力が抜けてしまい、叶わなかった。

健さんはためらいなく割れ目に口づけて、浅く舌を挿し込んでくる。窪みの入り口を舐め回したあと、襞に沿って舌先を動かし、最後に一番敏感な突起を捕らえた。

「ひ、ぃ……っ‼」

激しい痺れがビリッと全身を貫く。痛くて苦しいような気がするのに、気持ちいいと感じてしまう。ちぐはぐな感覚に翻弄されながら、私はガクガクと痙攣した。

つらくて涙がポロポロこぼれる。息苦しいし、心臓の鼓動がうるさい。

本能に従い身悶えしていると、健さんの肘で太腿を押さえつけられた。ますます開いた付け根を、彼は容赦なく嬲ってくる。

絶え間なく強い快感にさらされ、目の前に白い光がチカチカとまたたき始めた。

「やっ、いやぁ、ぁ、あっ！　あぁっ……よすぎる、の……イッちゃ、ぅ」

おかしくなりそうなほどの快楽の中で、自分の状態を喚いて、首を左右に振り立てる。

脇に投げ出した手でシーツを握り締め、感覚を逃がそうとしたけど、まるで熱の出先を塞ぐように健さんの指が内側へと入ってきた。

「あ、あ――」

それだけで軽く昇り詰めてしまい、太腿がビクンビクンと跳ねた。

健さんは指をゆっくりと抜き挿しして、私の中を探っていく。始めは一本だけ。三度行き来してから、二本纏めて入ってきた。

だんだんと抽送のスピードが速く、リズミカルになってくる。彼の動きに合わせて、私は無意識に腰を振っていた。

入ってくる時にはじんわりと甘い痺れが広がり、出ていく時には喘ぎを抑えきれないくらいの衝撃に襲われる。引き抜かれる指の動きで新たな蜜が掻き出されて、会陰を伝い落ちていった。

「う、あ、ふ……凄く、いぃ……気持ちい……！」

お腹の奥に、気持ちいい感覚がどんどん溜まっていって限界に達する。

大きく背中を反らせてギュッと目を瞑った瞬間、健さんが勢いよく指を引くのと同時に、快感の芽を強く吸い上げた。

「いっ、う――……っ‼」

骨が軋むくらい激しく全身がこわばり、張り詰めた感覚が一気に弾ける。

悲鳴を上げて昇り詰めたあと、声が途切れたのに合わせて身体の力が抜けた。

とにかく酸素を取り込もうと、大きな口を開けてぜいぜい呼吸する。口の端から涎が垂れているけど、腕が震えていて拭うこともできない。

イッたばかりでぐったりしているうちに、健さんが私の服をすべて脱がせてくれた。彼も一糸纏わぬ姿になったようで、次に抱き締められた時には素肌の感触にうっとりとした。

直接、健さんの体温を感じられるから、裸で抱き合うのは好き。

少しの間、目を閉じて彼の腕に包まれていたけど、臍のところでいじらしく震えているものが気になってしまい、健さんの顔を見上げた。

「私もしたい」

「ん、何を？」

健さんは私の言っていることが本気でわかっていないらしく、きょとんとしている。

彼が理解していないのをいいことに、私は健さんの両肩を掴んで、横で仰向けになるように促した。

不思議そうにしながらも、彼は私の言う通りにしてくれる。

少し休んだおかげでなんとか動くようになった身体を起こして、今までとは逆向きに健さんの下腹部へと上半身を傾けた。そして、硬く膨らんでいる楔に口づけた。

「なっ⁉　唯香？」

うろたえて声を上げる健さんを無視して、彼のものに舌を這わせる。腕を掴まれ止められそうになったところで、顔を上げて軽く睨んだ。

「健さんだってしたんだから、私からしてもいいでしょ？」

「それは……」

彼が言い淀《よど》んでいる隙に、根元を手で支えて先端を咥える。チュッと音を立てて吸い上げると、健さんの腰がビクッと派手に震えた。

一旦離して、くびれている部分を舌先でぐるりとなぞる。真ん中の辺りの側面を唇で食《は》んでから、今度は深く口に含んだ。

健さんも私と同じでお風呂に入っていないけど、汚いとは感じない。さっき彼が「きみの匂いが強くて余計に興奮する」と言っていた通りに、普段より濃い健さんの香りを感じてクラクラしてきた。

彼がどれだけ気持ちよくなっているかは、いちいち聞いて確認しなくても、口の中でひくついているものが教えてくれる。健さんの興奮を直接感じられて、私も嬉しくなった。

「く、ぁ、唯香……」

押し殺したような彼の喘ぎが耳に届く。

もっと乱れている姿が見たくて、夢中で健さんのものを刺激し続けていると、さわさわとお尻を撫でられた。

「んんっ」

くすぐったいに近い、ぞわぞわした感覚が私の中を走り抜けていく。全身が一度にわっと粟立った。

私がよくなりすぎると、健さんを愛撫できなくなってしまう。やめてほしいという意味で彼に目を向けた。

健さんは眉間に皺を寄せて薄く目を開け、短い喘ぎをこぼしている。ちょっと嫌そうにも見えるけど、目の奥の瞳がとろんとしていた。

あ、可愛い……。

さっきイッたことで落ち着いた心臓が、また激しい鼓動を刻みだす。

ぽーっと見惚れていると、お尻を撫でていた彼の手が太腿へと移動してきた。我に返った私はプルプルと首を横に振る。

「もう。また気持ちよすぎて、わけがわからなくなっちゃうから、だめ。今は健さんにしてあげたいの」

理由を添えて、あちこち触らないでほしいとお願いする。けど納得ができないらしい健さんは、ちょっと不満そうに口を曲げた。

「俺だって、唯香に触れたい」

彼のストレートな欲求に目を瞠る。

きっと私たちは、相手を気持ちよくしてあげたいという思いと、ずっと触れていたいという気持ちを、同じだけ持っているんだろう。

言葉で愛情を伝え合うだけじゃなく、本当の意味で心が繋がっているのを感じて嬉しくなった。

「わかった。けど……あんまり強くしないでね」

私は苦笑いをして身体を横にずらし、健さんを跨ぐ。あえて確認しようとは思わないけど、ちょうど彼の顔の辺りに私の足の付け根があるはずだ。

これまで、それなりの男性経験はあったけど、こんなに恥ずかしい格好をしたことはなかった。居たたまれない気持ちをごまかすために、私は大きく口を開け、健さんを深く咥え込んだ。

舌で彼の表面を撫でつつ、何度も扱き上げる。

「う……っ」

足のほうから低い呻き声が聞こえたけど、健さんが苦痛を感じているわけじゃないことはわかっていた。

彼の喘ぎが大きくなっていくに従い、口の中のものがゴツゴツしてくる。私の行為で、健さんが気持ちよくなってくれていることに喜びを感じた。

顎と首がだるいけど気にならない。彼をもっとよくしてあげたくて大きく頭を引いたところで、お尻をぐっと掴まれた。

「ひゃんっ」

不意打ちに驚いて口を離してしまう。

健さんは人差し指から小指までの四本を使ってお尻を揉みつつ、親指で割れ目を広げようとしてくる。そして、ほんの少し開いた隙間に口づけ、舌を挿し入れてきた。

「あぁ、んー……っ」

奥への入り口をちろちろと舐められて、じれったい痺れが起きる。それは、さっき約束した通りに強い刺激じゃない。けど、甘くて苦しくて……なぜか、ほんの少し悔しい。

もう一度、彼のものに唇をつけて、てっぺんの丸いところを強めに吸う。そのあと軽く咥えて、切れ込みにほんのちょっとだけ舌先を入れてみた。

途端に、健さんの太腿がビクビクと跳ね上がる。きっと男の人も、内側を舐められるのはよすぎて苦しいのに違いない。

お互いの秘部を刺激し合う。私の口の中にいる彼は熱く張り詰めていて、彼の舌を受け入れている私の内側も火照って潤んでいる。

どこもかしこも気持ちよくて、私と健さんが溶けて混じり合っていくような錯覚を覚えた。

熱に浮かされ、愛撫を続けるうちに、だんだん息苦しくなってくる。口で呼吸ができないからだろう。

　酸素が足りていないのか、腕から力が抜けていく。私は名残惜しく思いながら口を離して、健さんの上にへたり込んだ。

「はぁ、は……あ、もう、だめ。息、くるし……」

　せわしない呼吸の合間に言いわけをして、これ以上はできないと告げる。

　健さんは、私の腰をそっと持ち上げて下から抜け出し、覆い被さるようにして顔を覗き込んできた。

「大丈夫か?」

「……うん」

　彼がイクまで続けられなかったのはちょっと残念だけど仕方ない。私は健さんに微笑みかけて、震える手を自分の足の付け根へと伸ばした。

「ここに、今度は……健さんのを、ちょうだい?」

　わざといやらしくねだって、秘部の割れ目を指で広げてみせる。

　僅かに目を見開いた健さんは、喉仏を大きく上下させて「もういいのか?」と聞いてきた。

　ゆっくりとまばたきをしてうなずく。たくさん気持ちよくしてもらったから、次は彼を奥で感じたい。

健さんは少しかすれた声で「わかった」と返して、うつ伏せになっている私の腰を引き起こし、割れ目に楔の先端を押し当てた。

「入れるぞ」

彼の宣言と共に、奥への路《みち》が割り開かれる。

滴るほど濡れて綻んだ粘膜は柔らかく彼を迎えるけど、やっぱり大きくて……。限界まで広げられた入り口が、ビリビリと痛んだ。

「あ、あ、あぁ……っ」

硬いもので身体の中心を貫かれるのは苦しいはずなのに、気持ちいいと感じてしまう。

じりじりと腰を進めてきた健さんは、私の最奥の壁に自身の先端を押し込んで止まった。

「ぁ、うう……ふ、深い、よぅ」

後ろから入ってきたせいか、向かい合わせでする時に比べて、もっと奥まで彼がきている気がする。

両手でシーツをギュッと握り締めて呻き声を上げると、健さんはしばらくそのまま動かずに、私の腰や太腿を撫でていてくれた。

優しい彼の仕草に深い愛情を感じて、泣きたいような気持ちになる。無理に首を伸ばして振り向けば、頬にチュッとキスされた。

「健さん、ありがとう。もう動いていいよ」

囁くように告げて微笑む。

私に目を合わせた健さんは浅くうなずいて、ゆっくりと腰を引いた。

たっぷりと蜜を纏った彼が、ぬるりと抜け出ていく。繋がった状態で少し時間を置いたおかげか、痛みはすっかりなくなっていた。

健さんは楔が抜けきってしまうギリギリまで腰を引き、同じ速度で戻ってくる。

寒気みたいな快感がじわりと湧き出て、腰から下を痺れさせた。

「ふぁ……あ、いい……」

腰だけを高く上げた状態で、シーツに突っ伏し、声を上げる。彼のもので内側をあますところなく擦られるのは、たまらなく気持ちいい。

広がる甘美な感覚に酔いしれ、熱い吐息をこぼす。

ゆるゆると抜き挿しを繰り返した健さんは、少しずつ抽送のスピードを上げていった。

私には男性の感じ方はわからないけど、本当はもっと速く強く突き立てたいはずだ。健さんがすぐにそうしないのは、私を思いやってくれているからなんだろう。

本当に大事にされていることに気づいて、喜びと切なさが湧き上がる。

私も、健さんがくれる愛情と同じものを返したい……。

快感でガクガク震える肘をベッドに押しつけて身体を支えた私は、健さんの動きに合わせて、お尻を突き出した。

パチュッと打擲音が鳴って、私と彼の肌が勢いよくぶつかる。同時に、お腹の奥でも衝突が起きて、目の前に星が飛んだ。

「あ、ひっ、ぃ」

鋭く重い快感が、頭のてっぺんまで突き抜ける。強すぎる感覚に顔をしかめると、目尻から涙が溢れ出た。

気持ちよくて涙が止まらない。すすり泣きながら夢中でお尻を振る。

いつの間にか抜き挿しは激しいものになっていて、ベッドのスプリングが弾む音といやらしい水音が響く室内で、私は「気持ちいい」と喚き散らした。

彼の一突きごとに頭の中で火花が飛んで、秘部は壊れたみたいに淫水を垂れ流している。今にも限界を超えてしまいそう。

「う……健さ……私、私もう……っ」

激しい快楽の中で、バサバサと髪を振り乱す。

私が達しそうなのは健さんにも伝わっているようで、上半身を前に倒した彼が「一緒に」と囁いた。

今まで何度となく抱き合ってきたけど、共にイクのを求められたことはない。驚きと喜びを覚えて、私は大きく首を縦に振った。

私の背中に覆い被さった健さんは、シーツを掴む手に、自分の手を重ねて強く握ってくる。

目の端で二人の結婚指輪が輝いていて、また嬉しくなった。

「好き……あ、あぁっ、健さん……好き、好きぃ」

ずっと我慢していた気持ちを声に出す。

健さんは私の最奥を穿《うが》ちながら、項《うなじ》に舌を這わせた。

「俺も、好きだ。唯香……唯香……っ」

飾り気のない、まっすぐな告白。それは照れ屋で口下手な彼の、精一杯の愛情表現に違いない。

健さんの想いに触発されたのか、勝手に下腹部がこわばり、中に埋められた彼をギュッと強く締めつけた。

「くっ……持っていかれる……！」

苦しげに声を漏らした彼は、右手を私の前に伸ばして、足の付け根に触れた。

健さんと繋がっている場所のちょっとだけ前の部分。彼はそこに指先を当て、起ち上がった肉芽を少し荒っぽく押し潰す。

中への刺激だけでも気持ちいいのに、外まで手を伸ばされてはたまらない。電流のような感覚に打たれた私は、目を瞑って悲鳴を上げた。

「やあっ、嫌っ！　両方はだめぇぇ――っ」

体内で膨張していた快感が、爆発を起こす。昇り詰めたときの反射で全身が硬直してブルブ

ルと痙攣し、次にどっと汗が噴き出した。

一拍遅れて健さんが呻き、最奥に飛沫《しぶき》がかかる。彼の絶頂の証に内側を炙られ、私はもう一段高い場所へ押し上げられた。

「――――……っ‼」

連続で二度達して、音にならない声を上げる。やがて、こわばりきった身体から、嘘のようにガクッと力が抜けた。

……凄く、熱い。まだ、奥で出てる……。

弛緩《しかん》した身体を投げ出した私は、荒く息を吐きながら、中でビクビクと震え続ける彼に強い愛情を感じていた。


行為を終えてからもなんだか離れがたくて、私たちは裸のままで寄り添い、ベッドに寝そべっていた。

昼から驚くことが次々と起きたのに加えて、大泣きしたあと、セックスまでしたせいで私はすっかり疲れてしまい、自分でも起きているのか寝ているのかよくわからない。

健さんの胸に頭をもたれさせて、ひたすらぼんやりしていると、枕元で短い電子音が鳴った。

私が音の正体を確認するより先に、健さんがサイドテーブルに置いてあったスマホへ手を伸ばす。

「悪い。メールだ」

彼の説明にうなずいて、私はそっと目を閉じた。

仕事での立場上、健さんにはしょっちゅう確認や報告のメールがきているようだ。

プライベートの時は基本的にサイレントモードにしているけど、今日は慌ただしくて忘れていたのだろう。

内容を確認したらしい健さんが、ほっとしたように溜息を吐いて「ああ」と声を漏らした。

彼の反応が気になって、瞼を上げる。健さんはスマホを元の位置に戻したあと、私に目を合わせてきた。

「……沙知絵のところもうまくいったそうだ。子供のことを、両親が認めてくれたらしい」

「え？　……って、そういえばさっきは話が途中になっちゃったけど、どうして沙知絵さんのご両親が赤ちゃんのことに反対するの？　きちんと婚約しているのに」

正式に入籍したわけではないけど、婚約中なのだし、何も問題ないように思える。

私が首をかしげると、健さんは少し眉根を寄せて「うーん」と唸った。

「先に軽く話したが、そもそも沙知絵の両親は、料理長との結婚に大賛成というわけじゃないんだ。どうしても年齢差が心配なんだろう。そんな状態だから、結婚前に手を出して妊娠させたとなれば、また大事になる。それに……あまり考えたくはないが、沙知絵の身体が妊娠と出産に耐えられるのかどうかもわからない」

「そんな」

「現代の医療技術ならおそらく大丈夫と思うが、生まれつきのハンディがあるぶん、どうしてもリスクは上がってしまう。沙知絵の親が、まだ見ぬ孫よりも娘を心配するのは無理のないことかもしれない。それで、沙知絵は堕胎ができなくなるまで妊娠を隠し続けようとしたんだろうな」

「そうだったの」

沙知絵さんの難しい事情を知り、それ以上、何も言えなくなる。

私は妊娠したことがないから想像するしかないけど、愛する人の子供なら、どんなリスクがあっても産みたいと思うはずだ。

健さんは私の頭をそっと撫でて、ほんの少し表情を緩めた。

「きっと無事に産まれてくる。そう思っていればいい。それで時々、見舞いにいってやろう。沙知絵はいまだに友達が少ないから、きみが話し相手になってやってくれたら嬉しい」

「うん。そうだね」

思いやりと希望に満ちた健さんの言葉に、私もうなずく。

二人で見つめ合い微笑むと、彼が何かを思い出したように眉を跳ね上げ、短い声を上げた。

「そういえば、唯香に相談したいことがあったんだ」

「相談?」

急に話題が変わったことを不思議に思い、まばたきをする。

健さんはどことなく落ち着かない様子で、自分の首の後ろを擦った。

「ああ。……実は、旅行を計画している。できれば海外に。きみと二人で」

やけにたどたどしい彼の物言いに眉根を寄せる。

「つまり、二人で海外旅行にいこうということ?　……というか、それってもしかして、ハネムーン?」

旅行の目的を尋ねた途端、健さんの顔がみるみる赤くなった。

「あ、いや、ちがっ……わない。……唯香と、新婚旅行に、いきたいと……」

彼は文法がおかしい日本語をぼそぼそと呟く。しゃべっているうちにだんだん声が小さくなり、最後は聞き取れなくなった。

「……それは嬉しいけど、健さん仕事休めるの?　それに、私もお母さんに相談して日程を調整しなきゃいけないし」

お互いに職場での立場があるから、すぐに「いける」と答えられないのがもどかしい。照れ屋な彼がせっかく勇気を出して誘ってくれたのに、申し訳ないような気持ちになった。

私の返事を聞いた健さんは、はっきりと首を縦に振る。

「予定は大丈夫だ。十日くらい時間が取れるように計画している。お義母さんにも相談してあるから、仕事はなんとかなると思う」

「え？　もう、うちのお母さんに話してあるの？」

健さんの説明に、目を見開く。どうして二人のハネムーンのことを、妻である私より先にお母さんに相談するんだろう。

私の指摘に、彼はますますうろたえ、そわそわと視線をさまよわせた。

「そ、それは、その…………から」

「何？」

「だから、本当は唯香を驚かせようと思って……っ」

健さんの口から信じられない理由が飛び出す。

「……サプライズのつもりだったの？」

ぽかんとして彼を見つめると、あからさまにビクッと震えて顔を背けた。

「ずっと慌ただしくてプライベートでどこかへいくことがなかったし、最近は俺の付き添いでパーティーやら懇親会やらと忙しくさせてしまっているだろう？　だから、遠く離れた場所へいって、唯香とゆっくりしたいと考えたんだ。二人の思い出にもなるから……きみが喜んでくれるかと」

「健さん……！」

彼がすべてを言い終える前に、首に腕を回して抱きつき、口づける。

突然のことに驚いたらしい健さんは、少しの間、茫然としていたけど、やがて私を抱き締め返してくれた。

そっと唇を触れ合わせて、離し、次は強く押しつける。息が苦しくなったところで顔を引いて目を合わせ、微笑んだ。

「ありがとう。大好き」

「うん。俺も、きみに感謝している」

ひどく照れ屋で無口で、今も相変わらずの無表情。あまり甘い言葉も言えない健さんだけど、その瞳が愛情を伝えてくれる。

だから私は大きくうなずいて、もう一度、彼にキスをした。

第九章

急に「海外へハネムーンにいこう」と言ったって、どの国にいって何をしたいのか、どこに泊まるのか、食べたいもの、欲しいもの……考えなければいけないことはたくさんある。

ビーチリゾートにいく、という方向性だけはすぐに決まったものの、海は世界中にあるから、まず滞在先の国を選ぶのに時間がかかった。

どうせなら世界の絶景っていうのを見てみたいけど、そういうところは手つかずの自然が残っている反面、先進的な設備が整っていないことがあるらしい。

英語が通じる国で、衛生設備と医療施設が充実していて、治安がいいところじゃないとだめだという健さんの心配しすぎな主張により、ほとんどの案が却下され、最終的にオーストラリアへいくことになった。

行きは日本からシドニーへいって二日滞在、三日目にケアンズへ移動して二泊、そこから離島のホテルで最終日までのんびりして、日本に帰ってくるという九日間のプランだ。

友達に話したところ「定番すぎない？」と言われたけど、私も健さんも、派手なことや奇抜なことに興味がないから、これで満足だった。

健さんは仕事で海外にいくことがあるし、学生時代に短期の語学留学をしたこともあるらしい。けど、観光旅行はないという。お母さんの身体が弱くて、遠出できなかったからだそうだ。対して、私は今まで一度も日本から出たことがない。お父さんが健在だった頃は、いくらか生活に余裕があったけど、私と弟の年齢が少し離れているせいで予定を合わせることが難しく、家族揃って海外旅行にいくなんてできなかった。

そういうわけで観光初心者な私たちは、オーストラリア滞在初日と二日目に、定番の名所を巡るオプショナルツアーへと参加した。

一日目はシドニーの市内観光。バスから街並みを眺めつつ、ハーバーブリッジや、セントメアリー大聖堂を案内してもらい、オペラハウスを見学した。

本格的にオペラハウスを満喫したいのなら、あらかじめチケットを用意して観劇したほうがいいそうだけど、英語が得意じゃない私は簡単な単語しか聞き取れないから諦めた。

それでも、印象的な外観と落ち着いた内装が素敵で、すっかり見入ってしまった。

観光が終わったあとはシドニー湾が見えるカフェで少し休んでから、サンセットディナークルーズに出かけた。

夕日に染まるシドニーの街並みは、現実と思えないくらい美しくて溜息がこぼれる。出てきたお料理もおいしくて、大げさに感激した私が「綺麗」「素敵」「きてよかった」と捲《まく》し立てるのを、健さんはいつもの無表情と言葉少なめなあいづちで受け止めていた。

興奮してかしましい私と、真顔で無口な健さんの取り合わせは、たぶん、おかしなカップルだと見られてしまうんだろう。でも、私には彼の本当の気持ちがわかっているから、全然気にならなかった。

二日目は朝早くから、ブルーマウンテンズの観光に出かけた。

炭鉱があった時代の歴史を学べたり、トロッコ列車に乗ったりできるというアトラクション施設に立ち寄り、過去に思いを馳せたあと、有名な展望台があるエコーポイントへ。

ツアーガイドさんの話によると、ブルーマウンテンに自生しているのは様々な種類のユーカリらしい。ユーカリには豊富な油が含まれているそうで、葉から気化した油分が太陽の光を屈折させて、山脈全体が青みがかって見えるのだという。

色合いは美しいけど、油分のせいで山火事にもなりやすいと聞いて、少し怖くなる。

雄大な山々と美しい稜線《りょうせん》、深い渓谷。まるで風景画のような景色に、私は圧倒された。

スリーシスターズという名がつけられた岩を見て、その名前の由来である伝説も聞き、私は大満足した。

シドニーへ戻る途中の町に立ち寄り、ランチを済ませる。ツアー会社が手配してくれたレストランはこぢんまりしていたけど、古き良き時代の食堂という感じがして、雰囲気がよかった。

午後はそのまま動物園にいって、オーストラリアの動物と触れ合い、園内を散策した。

コアラとカンガルーはもちろん知っているけど、オーストラリアには他にも多くの固有種が生息しているらしい。そのほとんどが他の大陸では見られない特徴を持っていて、進化の不思議を感じた。

もちろん、コアラとの写真撮影もした。シャイな健さんにはちょっとハードルが高かったのか、微妙な顔をしていたけど。

夜はホテルの近くのレストランで食事をして、早く休むことにした。

シドニー滞在の最後だから、もっと楽しみたかったのだけど、無理はよくないと健さんに止められたのだ。

日本と季節が真逆のオーストラリアは、今、夏の終わりでまだ暑い。旅行の日数が限られているとはいえ、まったく環境が違う場所で疲れを溜めると、あとでつらくなってくると窘《たしな》められたのだ。

確かにその通りで何も反論できない。それに、旅行先でも常に私のことを心配してくれる彼の気持ちが嬉しかった。

三日目はオーストラリアの国内線でケアンズに向かった。

約三時間半のフライトを終えて空港を出た途端、じっとりとした熱気に包まれた。

シドニーも気温は高かったけど、ケアンズはそれ以上に暑い気がする。湿度が高いからなんだろう。

同じ国内といっても、南部のシドニーと、北部のケアンズでは、気候が全然違うらしい。国土が小さい日本でさえ、北海道と沖縄の気温差は大きいのだから納得だ。

近代都市という感じのシドニーとは違い、観光都市のケアンズはどことなくのんびりした雰囲気を感じた。

荷物をホテルに預けて少し休んだあと、私たちは先住民族の文化を紹介しているというテーマパークに出かけた。

大昔からここで生活していた人々は、厳しい自然に寄り添い、精霊を敬いながら、様々な文化を生み出したそうだ。精霊への祈り、音楽と踊り、そしてオリジナルアート。

テーマパークでは、実際に古来の楽器を使った演奏を聴いて、ダンスショーも観ることができた。他に、狩猟の時に使っていたというブーメランや槍《やり》を投げる体験コーナーもあったけど、私にはうまくできない気がしたので遠慮しておいた。

夜は特に予定を決めないでおいて、ホテルの観光案内所でおすすめの場所を尋ねたところ「今日は晴れているから展望台がいい」と教えてくれた。

タクシーを頼んで展望台へいくと、私たちと同じような観光客で賑わっていた。

いくら治安がいいといっても、夜に二人きりで出歩くのは少し不安だ。人の目があることにほっとしつつ、満天の星空と、ケアンズの夜景を楽しんだ。

四日目には終日ドライブをすると決めていた。

予約しておいたレンタカーでケアンズ市内から南へ。アサートン高原を目指す。

のんびりした牧草地帯の中を走り抜け、第一の目的地であるミラミラの滝を見にいった。そんなに大きな滝じゃないけど、熱帯雨林の中で流れ落ちる水が美しくて、景色に引き込まれてしまう。

オーストラリアは私の中ではどうしても砂漠やサバンナのイメージが強く、熱帯雨林があること自体を知らなかったから、違う国へきたような気持ちになった。

ついでにミラミラ展望台へ寄って、広大な丘陵地帯を眺める。熱帯雨林の間に放牧地が点在する景色がどこまでも広がっていた。

ミラミラから途中のマランダまで戻り、アサートンの街のほうへ進む。第二の目的地へいく前に、近くのチョコレート工場に立ち寄って、併設されているレストランでランチをいただいた。

そこから車ですぐのところに、カーテンフィグ国立公園がある。その中心にあるのが、カーテンフィグトゥリーと名づけられた大木だ。

カーテンという名前の通り、斜めになった木からイチジクの根が隙間なく垂れ下がっている。

観光ガイドで写真を見ていたから、どんなものかはわかっていたけど、実際、目の当たりにすると想像よりもかなり大きくて、自然の偉大さにあらためて感じ入った。

カーテンフィグ国立公園から一〇キロほどケアンズのほうへ戻ると、第三の目的地、バーリン湖に着く。

大昔の噴火口に水が溜まってできたカルデラ湖だそうで、落ち着いた雰囲気の、ほっとできる場所だった。

水上から景色を眺められる遊覧船が有名らしいけど、出航の時間に間に合わなかったので、湖を一周できるという遊歩道を散策することにした。

さまざまな木々に囲まれた道を、健さんと手を繋いで歩いていく。鳥たちのさえずる声と、葉擦れの音、木の間を吹き抜けていく風が心地いい。

ここでも健さんは変わらず無口だったけど、二人でいられることに幸せを感じた。

時間をかけて散歩をしたあと、湖のほとりにあるレストランで、アフタヌーンティーを楽しんだ。オーストラリアは独立前にイギリス領だったため、今もイギリスの文化が強く残っているのだという。

思ったよりもボリュームがあるスコーンと、香り高い紅茶でお腹を満たして、私たちはケアンズへと戻った。


かなりのんびりと観光をしてきたつもりだったけど、ホテルに着いて時計を確認すると、まだディナーには早い時間だった。

しっかりアフタヌーンティーをいただいたのもあって、お腹がすく気配もない。

ただホテルでぼんやりしているのはもったいない気がして、私たちは近くのビーチで夕日を眺めることにした。

あいかわらず湿度は高いけど、昼間の強い日差しがかげり、思ったよりも過ごしやすい。

砂浜に並んで座って、ちょっとずつ沈んでいく太陽を見つめていると、少し離れた場所から賑やかな声が聞こえてきた。

声がするほうへ目を向ける。視線の先では、十五人くらいの人たちが、ウエディングドレス姿の女性と、白いスーツを着た男性を取り囲み、盛り上がっていた。

みんなそれぞれ正装をしていて、カメラマンらしき人もいる。緋色《ひいろ》に輝く波打ち際で、主役の二人は寄り添い、微笑み合っていた。

「あれって、もしかして……」

「ああ。結婚式だな」

私が漏らした独り言に、健さんが答えてくれる。

「え、ここで？」

きょろきょろと辺りを見回してみたけど、至って普通の公共のビーチだ。教会があるわけでもない。

健さんは前を向いたまま、当然のようにうなずいた。

「海外では日本と違って、公園やビーチで結婚式を挙げることもあると聞いたな。サンセットウエディングというやつなんだろう」

彼の言葉につられて、幸せそうな二人を見つめる。

「そうなの……素敵ね」

日本の豪奢《ごうしゃ》な結婚式も華やかでいいけど、二人の好きな場所でささやかな式を挙げるのも、きっと素晴らしい思い出になるだろう。

少しの間、結婚式に見惚れていると、招待客の一人らしい、手提げ籠を持った男性が近づいてきた。

男性はニコニコしながら私たちに話しかけ、籠に入っていたバラの花を一輪差し出してくる。早口の英語で私には聞き取れない。どういうことかわからずに健さんを見れば、彼も困ったように少し眉尻を下げていた。

「飛び入り参加で、花婿と花嫁に祝いの言葉をかけてやってくれ、と言っている」

「……いいの？」

「うん。たくさんの人に祝ってほしいようだ」

彼の言葉通り、手提げ籠を持った人がもう一人いて、近くの家族連れに声をかけていた。

私は大きくうなずいて、バラの花を受け取る。驚く健さんの手を掴んで、立ち上がった。

「いこう！」

「わっ。おい、唯香……」

彼の制止も聞かずに駆けだす。

先に参加していた人たちに交じり、花嫁にバラを渡して「おめでとう！」と声を上げた。

日本語で祝っても、もしかしたらわかってもらえないかもしれない。けど、私の拙《つたな》すぎる英語よりも思いが込められる気がした。

周囲にいた観光客や地元の人が続々と集まってくる。

誰かが拍手を始めたのに合わせて、私と健さんも手を打ってお祝いした。

感激して瞳を潤ませていた花嫁は、目尻の涙を拭ってパッと笑みを浮かべる。そして、花婿を見つめ、二人は示し合わせたようにキスをした。

広く澄みきった海と夕焼け空の中で、口づけを交わす二人は、まるで映画のワンシーンのよう。

その姿は本当に幸せそうで、見ず知らずの私まで胸が熱くなった。

五日目はいよいよ離島に渡る日だ。

私たちはケアンズに戻るまでの三日間を、そこでゆったりと過ごすことにしていた。

少し早めにホテルを出て、午前中の便の船に乗る。一時間弱で珊瑚礁《さんごしょう》の中に浮かぶ島に到着した。

降りた瞬間から、周囲の景色に目を奪われた。

真っ白な砂浜と、その奥にある亜熱帯植物の森。船が到着した桟橋から海を見れば、信じられないくらい水が澄んでいて、底まで見通せた。

地元の人に言わせると、夏の時季は冬に比べて海水の透明度が下がるのだそうだけど、そんなこと全然気にならなかった。

世界にはこんなに美しい場所があった。もちろん旅行前に写真で確認したから、どんなところか想像はしていたけど、実際は写真の何十倍も素敵だ。

夢のような景色を目の当たりにした私は、ホテルに案内されるまでの間、ひたすらぼんやりと景色に見入っていた。

ホテルは歴史ある雰囲気で、室内は木材をふんだんに使った内装で纏められている。リビングルームとベッドルームが一緒になっているタイプのお部屋だけど、上品でほっとできる空間だった。

部屋の奥のルーバードアを開けた先はバルコニーで、ガーデンテーブルとチェアが置いてある。手が届きそうなくらい間近に南国の木々が植えられていて、とてもエキゾチックだ。

私たちは持ってきた荷物を預けたあと、シュノーケリングをするために、近くの浅瀬へと向かった。

シュノーケリングと言えば、おしゃれなマリンスポーツというイメージだけど、私ができるのは子供が入れるくらいの浅い場所でプカプカ浮いて、水面近くを見て回るくらいだ。

海は大好きだけど、元々、泳ぐのが苦手で、深いところへいくのが怖い。

スポーツは一通りできるという健さんに申し訳なく思いつつ、ちびっこレベルのシュノーケリングに付き合ってもらった。

そんな楽しみ方でも、不思議な形の珊瑚を眺め、そこに住むたくさんの魚を見ることができた。途中、ちょっと離れた場所でウミガメが泳いでいるのも見えた。

頻繁にやってくるとは言われていたけど、こんなにすぐ会えるなんて……！

興奮してはしゃぐ私を見た健さんは、ちょっと呆れたような顔をしていたものの、そのまなざしは優しかった。

六日目は、グレードバリアリーフの外側にあるという、アウターリーフへいくオプショナルツアーに参加した。

私たちが滞在している島から船に乗って約一時間。たくさんの珊瑚礁の中に作られた浮桟橋に到着した。

ここでは、シュノーケリングや、スキューバダイビングなど定番のアクティビティの他に、遊泳、水中バイクの体験もできるらしい。水に入らなくても海の中が見られるように、ガラス張りの海中展望台や、半潜水艦なども用意されていた。

泳ぎの不得意な私には、ぴったりの施設と言える。

ケアンズ周辺の珊瑚礁の中でも沖合に近いため、より多くの魚と触れ合えるのが売りだそうで、その言葉通りに、海の中はカラフルな魚たちでいっぱいだった。

これが、水族館のような作られた環境ではなく、自然のものだというのだから驚いてしまう。

私は健さんに寄り添い、海中の景色を飽きもせずに眺め続けた。

七日目は、ただのんびりと島の自然を楽しむことにしていた。

目覚ましはかけずに眠り、日が高くなってから起き出す。パンとコーヒーで軽く朝食を済ませて、島内の散歩へと出かけた。

本当に小さな島だから、ぐるりと一周したってそう時間はかからない。歩きながら島に生息しているたくさんの鳥を見て、この旅行の思い出を一つずつ振り返った。

一度ホテルに戻って昼食をとったあと、気温が高くなってきたので、午後からはプールで涼むことにした。

泳ぎ方が下手なのはどこでも一緒だけど、波がないぶん海よりは安心できる。私は健さんの前でみっともないバタ足を披露して大いに呆れられ、泳ぎの練習をさせられるはめになった。

泳ぎの特訓ですっかりくたびれた私は、一時間ほど昼寝をした。

その間、健さんはスマホで日本の時事ニュースや経済の動向などをチェックしていたらしい。

旅行にくるまでは私も毎日あくせく働き、自社に関係ありそうなニュースに目を光らせていたけど、それが遠い昔のように感じた。

日が傾き始めたのを確認して、私たちはビーチに出ることにした。この島で見る最後の夕日を楽しむためだ。

明日の朝には島を離れてケアンズへと戻り、夜の便で日本に帰ることになっていた。

「あー……帰りたくなくなってきちゃったなー」

ベッドから起き上がって深呼吸をした私は、つい愚痴めいた独り言を口にしてしまう。

私のほうに振り向いた健さんが、ふと表情を緩めた。

「ああ、そうだな」

驚いて目を瞠る。ほとんどワーカホリックで仕事大好き人間の彼が、まさか同意するとは思っていなかった。

「健さんも、ずっとここにいたいって思ってるの？」

自分でもちょっと間抜けな質問だと思う。けど、気になる。

彼は少し考え込むようなそぶりをしたあと、小さく首を横に振った。

「いや違う。正確には、ここにいたいわけじゃない。会社や家のことを気にせずに、唯香と二人でいられるのなら、どこでもいい」

ますますびっくりするようなことを言われ、息を呑む。

旅先では誰でも心が高揚して開放的になるというけど、健さんが臆面もなく自分の気持ちを口にするとは。

ぽかんとして彼を見つめる。

私が驚いているのに気づいていないらしい健さんは、応接テーブルの上に置いてあった大きな紙袋を持って近づいてきた。

「何それ？　健さんが買ったの？」

日本から持参した覚えのない荷物を見て、首をかしげる。

彼は空いているほうの手を口元に当てて、少し気まずそうに「うん」と呟いた。

「ホテルのスタッフに頼んでおいて……さっき、唯香が眠っている間に届いたんだ。きみに似合うと思って取り寄せた」

「え？」

なんのことかわからないまま受け取る。袋を開けてみれば、中には真っ白のシンプルなワンピースが入っていた。

「素敵。……だけど、どうして？」

「今夜は旅行の最後だから、それを着ていくといい」

「……うん、ありがとう」

健さんの気持ちはもちろん凄く嬉しい。でも、なんだかやけにそわそわしているように見えるのは何故だろう？

昼寝用に羽織っていた部屋着を脱ぎ捨て、ワンピースに着替えた。

なんの装飾もないマーメイドラインの仕立てで、身体の線がしっかりと出てしまう。

「どうかな？」

ちゃんと着こなせているか不安になり、健さんに向かって首をかしげた。

彼は大きくうなずいて、白い花とリボンがついた髪飾りをつけてくれた。

「綺麗だ」

ぽつんと告げられた言葉に、かあっと顔が熱くなる。

褒めてくれることが滅多《めった》にない人だから、余計に恥ずかしくて嬉しくて、私はそっとうつむいた。


昼間の熱気が鎮《しず》まったビーチは、人もまばらで落ち着いた空気が流れている。寄せる波のさやかな音と、時折遠くで鳴く鳥の声が聞こえるだけ。

裸足《はだし》で波打ち際に立ち、温かい海水とゆっくり崩れていく砂の感触を楽しみながら、沈む夕日を見つめた。

空と海と、私たち。世界のすべてが少しずつオレンジ色に染まっていく様は、何度見ても素晴らしくて感動する。

　まるで今日という日が燃え尽きるみたいにまぶしい光で満たされたあと、夜の闇が静かに広がっていった。

　やがて周りが群青に包まれる。星がまたたき始めた天空を見上げ、溜息を吐いた。

「素敵。本当に夢みたい」

「ああ。俺もきみとここにくることができてよかった」

　また意外な台詞を耳にして、ぱちぱちとまばたきをする。

　彼は場を仕切り直すように一度小さく咳払いをして、私に向き直った。普段の真顔とは少し違う真剣な表情に、ドキッとする。

「……俺は周りが言う通り、女性に対する気配りが苦手だ。相手が何を考えているのか推し量ることはできないし、喜ばせることも無理だ。しようと思ってもうまくいかない。だから、唯香と結婚するために焦っていた。早くしないと断られてしまうと思い込んでいた」

　健さんの告白に、私は黙ってうなずく。

　私に恋をしたという彼が、結婚を急いでいた話は前にも聞いていた。

「俺はどこまでも自分本位で、きみを戸籍で縛りつけようと必死だった。だから、理解していなかったんだ。女性にとって結婚式がどれだけ大切なものか、ということを」

「え……」

「ケアンズのビーチで結婚式を挙げていた二人を見て思った。俺たちの結婚式は、きみにとって、あまりいいものではなかったんじゃないか?」

一瞬、言葉に詰まる。本当は「そんなことない」とごまかしたほうがいいのかもしれない。けど、それも白々しい気がした。

「あの時は、そういうの、あんまり考えてなかったから……」

目をそらして、ぼそぼそと言いわけをする。

私だって、学生時代には人並みに結婚を夢見ていた時期があった。いつかは好きな人と一緒になって、子供を産み、平和で幸せな家庭を築くのだと。

でもその後、お父さんが事故で亡くなり、莫大な借金が発覚して、恋愛や結婚は諦めたのだ。だから、結婚式にも希望なんて持っていなかった。

そもそも健さんと夫婦になるのは、単なる利害の一致なんだと思い込んでいたし、小早川家が頼んでくれたウエディングコーディネーターさんに全部お任せで済ませてしまった。

……記憶にあるのは、とにかく忙しくて疲れたことと、来賓が多すぎて頬の筋肉が痛くなるほど挨拶したことだけ。幸せや喜びは特に感じなかった。

あらためて振り返ってみれば、確かに「いい結婚式」とは言えない気がする。今更どうにもならないことだけど……。

私の返事を聞いた健さんは、自分の結婚指輪を抜き取って、私に差し出してくる。

「え、何？」

「きみも外してくれ」

わけがわからずにぽかんとする。けど、彼の言う通りに指輪を外して渡した。

私の手の中には健さんの指輪、健さんの手の中には私の指輪がある。

彼は私から一歩離れると、その場に片膝をついて見上げてきた。薄暗い中で、輝く瞳にドキッとする。

「唯香、きみを愛している。俺と結婚してほしい」

向けられた愛の言葉に、息を吞む。健さんが、プロポーズからやり直そうとしてくれていることに気づいて、ギュッと胸の奥が締めつけられた。

何、これ……夢……？

信じられない展開に、唇が震えて声が出せない。ちゃんと受け入れて返事をしなければいけないのに、言葉ではなく目から涙が溢れた。

涙で歪む視界で、健さんが苦笑いをする。左手を取られ、もう一度「いいか？」と聞かれた。

ガクガクと首を何度も縦に振る。

彼もゆっくりとうなずいて立ち上がり、私の左の薬指に結婚指輪を通した。

唇と同じにプルプル震える手で、健さんにも結婚指輪を嵌《は》める。彼は自分の左手を見つめて、ほんの少し口の端を上げたあと、ポケットから出したハンカチで私の頰を拭ってくれた。

「きみにひどいことをしていたと気づくのが遅くて、ドレスを用意できなかった。参列者も、豪華な装飾も、料理もない。だが、ここは俺ときみの思い出になる場所だから、どうしても今言いたかったんだ」

健さんは僅かに言葉を切って、ふわりと微笑む。

「唯香を愛して、慈しみ、ずっと共に在ることを、誓う」

収まりかけていた涙が、また盛り上がる。しゃくり上げそうになった私は、鳩尾にぐっと力を籠めて、声を振り絞った。

「私、も。健さん、を、愛してる。ずっと、ずっと、傍にいるって、誓う、よ」

震えてかすれる涙声で誓いを立てるなんて、本当に格好悪いと思う。けど嬉しくて、平気なふりができない。

私のみっともない誓いを聞いた健さんは、優しい目をして顔を寄せてきた。

――誓いのキス、だ。

静かに寄せる波の音に包まれ、私はそっと目を閉じる。程なく、唇が優しい温もりで覆われた。

バカンス最後の夜だけど、ディナーもそこそこにして、私たちは部屋に戻ってきた。

健さんがどことなく落ち着かない様子なのはわかってる。そして、私がそわそわしているの

も、彼に伝わっているはずだ。

部屋のドアを閉めた途端、苦しいくらいに強く抱き締められ、キスされた。

長い長い口づけ。息苦しくて顔を離した途端に、身体を持ち上げられた。

「きゃっ」

驚いて健さんの首にしがみつく。彼は私を軽々と横抱きにして、部屋の奥のベッドに進んでいった。

ベッドの上にゆっくりと下ろされて、見つめ合う。どちらからともなく二人で微笑んで、唇を重ねた。

軽く吸うだけの口づけを、何度も繰り返す。なんだか心がくすぐったいように感じて、キスの合間にふふっと笑った。

「初夜もやり直し？」

私の冗談に、健さんは一瞬驚いた顔をしたけど、すぐに優しい目をしてうなずいた。

「ああ、そうだな。俺がどれだけきみに惚れているか、その身で知るといい」

彼の言葉に、今度は私が驚かされる。本当に今日の健さんは饒舌で、これまでとは別人のようだ。

「……なんだか不思議な感じ。凄く嬉しいんだけど、好きとか、そういうの、あんまり言われてなかったから。それに健さん、嬉しそうな顔をしてるし」

ぽつりぽつりと素直な気持ちを口にする。

彼は自分の表情を確認するように、頬を手で撫でて「うん」と呟いた。

「考え方を変えたんだ。今までずっと唯香に対して緊張したり、照れくさく思ったりしていたのは、きみに素の自分を知られて嫌われるのが怖かったからだと気づいた。俺は不器用だし、つまらない男だからな」

「そんなことないよ！　確かに、ちょっと伝わりにくいかもしれないけど、健さんは優しくて素敵だもの」

自分を卑下してほしくなくて、反射的に声を上げ、ブルブルと首を左右に振る。

私を見下ろした健さんは、ふんわりと笑ってうなずいた。

「唯香がそう言ってくれるから、もう自分を取り繕わなくていいと思ったんだ。きみは、俺の格好悪い部分も愛して、傍にいてくれるんだろう？」

「当たり前でしょ。……私は、健さんの、妻、なんだし……」

つい、言葉がたどたどしくなってしまう。

戸籍上ではもうとっくに夫婦で、一緒に暮らして、セックスだってそれなりにしてきた。けど、あらためて自分を妻だと呼ぶのは、ちょっと恥ずかしい。

そうっと健さんを見上げると、彼は本当に嬉しそうな笑みを浮かべて、私を抱き締めた。

「ありがとう、唯香。愛している」

「私も、愛してるよ」

言葉だけじゃなく、ぬくもりでも想いを伝えたくて、ギュッと抱き返す。

ひとしきり抱き合ってから、健さんは私のワンピースの裾に手をかけた。

時折、目を合わせ、口づけをしながら、彼は私の服を少しずつ脱がせていく。私も健さんのシャツに手を伸ばして、ボタンを外していった。

やがてすべてを脱ぎ捨て、生まれたままの姿になった私たちは、ぴったりと肌を重ね合わせる。触れた場所から、彼の少し速い鼓動が伝わってきた。

「健さん、ドキドキしてる」

「それはそうだろう。好きな相手を抱いているんだから」

私の指摘に、健さんは少し拗ねたような返事をする。それが彼の照れ隠しだということは、もうわかっていた。

健さんが私を好きだと言い、欲情してくれることは、本当に嬉しい。彼の想いにつられて、私の胸も高鳴った。

「大好き、だよ」

飽きることなく気持ちを声に出して、キスをする。

想いの丈をぶつけるように唇を押しつけると、綻んだ隙間から彼の舌が入ってきた。

「ん、ふ、ぅ……」

二人の舌が触れ合った瞬間、項に寒気みたいな感覚が走る。ぞくぞくして不快な気がするのに、気持ちいい。夢中で口づけているうちに、健さんの右手が私の左の乳房をゆったりと揺らしていた。

ちょっともどかしいくらいの、優しい快感が広がっていく。

少しの間、彼がくれる穏やかな感覚にうっとりしていたけど、だんだん愛撫されるだけでは物足りなくなってきた。

私も、健さんに触れたい……。

彼の肩に置いていた右手を、胸へと滑らせる。硬く締まった胸筋を撫で下ろし、たどり着いたささやかな尖りを指先で軽く擦った。

「う……っ」

低い呻き声と同時に、健さんの身体がビクッと跳ねる。

一時期、しつこく弄って快感を覚え込ませたせいか、彼の乳首はひどく敏感になっていた。

人差し指の腹で押し込むようにしながら、突起をくるくると撫で回す。

初め、小さく頼りなかったそこは、刺激されるごとに硬く張り詰め、ぐっと起ち上がった。

同様に、健さんの足の間のものも質量を増して、私の下腹を押し上げてくる。

彼は触れ合わせていた唇をもぎ離し、不満そうな表情で私を軽く睨んだ。

「今日は俺がきみをよくしてやりたいんだが……」

健さんが私を想って色々しようとしてくれているのはわかっているし、もちろん嬉しい。けど、一方的なのは嫌だ。

「私だって健さんを愛しているんだから、いいでしょ？　一緒じゃだめ？」

自分でもあざといと知りつつ、上目遣《づか》いで問いかけると、彼は諦めたように溜息を吐いた。

「きみは本当にいやらしいな」

「エッチな私は嫌い？」

答えなんてわかりきっているけど、わざと聞いてみる。

健さんは僅かに眉根を寄せて、スッと視線をそらした。

「……そういう唯香も好きだから、困るんだ」

「うん。嬉しい」

ぐっと首を伸ばして、健さんの頬に口づける。

そっぽを向いたままの彼の目元は、表情とは裏腹に赤く染まっていた。


健さんは壊れものを扱うように、そっと私に触れて、肌に唇を押しつける。頬から耳元、首筋、鎖骨、胸元……次に胸の膨らみへくるのだと思ってドキドキしていると、なぜか左の肩を舐められた。

「あ、ん……なんで？」

どこだろうと彼にキスされるのは心地いいし、好きだ。けど、肩透かしを食わされたような感じがした。

健さんは、続けて二の腕に軽く吸いついて、ふっと短く息を吐く。

「綺麗だ。唯香の全部に触れて、口づけたい……」

ぽつりと漏れた甘い囁きに目を瞠る。

私に言ったというよりは独り言のような……もしかして、無意識？

「はあ、柔らかい……。好きだ、唯香」

ぽろぽろと本音らしき言葉をこぼしながら、健さんは私の肘の内側にキスをして、そこから手首まで舌を滑らせた。

「んん……っ」

今まで腕を舐められたことなんてないから知らなかったけど、淡い快感が広がって肌が粟立つ。

彼は手首を甘噛みしたあと、手のひらをチュッと吸って、指の間に舌先を入れてきた。

「あ、やっ、なんか……変な感じ、する」

まるで手が性感帯になってしまったみたいに気持ちよくて、ぶるぶる震える。胸や秘部を弄られたわけでもないのに、お腹の奥が熱く潤んでいく。

健さんはすべての指の間を舌でなぞり、指を一本ずつ咥えて吸い上げ、最後に薬指の結婚指輪に軽くキスをした。

指輪は私の身体じゃないから、触られても感覚がない。けど、心が甘く震えた。

ギュッと下腹部がこわばって、秘部の割れ目がせわしなくひくつく。ただ手を舐められただけで身体の熱が上がり、呼吸が速くなっていた。

これ以上このまま刺激され続けたら、きっと我慢できない。はしたなく腰を揺らしてしまいそう。

溜まっていく快感をやりすごすために、下半身にぐっと力を入れたところで、健さんの右手が私の頬を撫でた。

「イキそうな顔をしている」

「あんっ」

全身が過敏になっているのか、顔を触られただけでも身体が跳ねてしまう。

私が大きな声を出したせいで、彼は驚いたようにパッと手を引いた。

「痛かったか？」

「ち、違うの。なんでか、凄く、気持ちよくて……。触られたところ、全部、おかしく、なっちゃう」

荒く息を吐きながら首を左右に振って、自分でもよくわからない言いわけをする。

健さんは僅かな間、私を見つめたあと、困ったみたいに微苦笑した。

「それなら、俺と同じだな。俺も今日は少しおかしい。いつも以上によくて、抑えが利かなくなりそうだ」

「健さん、も？」

「ああ」

うなずく健さんを見た私は、右手を下に伸ばして、彼の性器に手を添えた。

触れた瞬間、手のひらがぬるりと滑る。手の中のものがビクビクと震えるのに合わせて、健さんが思いきり顔をしかめた。

「あ、くっ……離せ、唯香……出てしまう……」

切羽詰まった声で、彼が本当に感じやすくなっていることを知る。

どうして今日に限って二人ともこんなに敏感なのか、不思議で仕方ない。

健さんのものを軽く握って扱きつつ顔を覗き込むと、彼はきつく目を瞑り、歯を食いしばっていた。時折、堪えきれないように漏れる喘ぎが、ひどく色っぽい。

彼に愛撫されるのは身体が気持ちよくなるし、逆に、彼を愛撫して快感を与えるのは心が気持ちいい。

手を舐められたせいで湧き上がった快感の余韻と、よがる健さんを眺めることで胸の内に広がる甘い感情……身も心も悦びに包まれた私は、口の端を引き上げ、手の動きを速めた。

「……イッていいよ？」

「い、やだ」

私の誘惑に、健さんは大きく頭を振った。

「イクのは、唯香と、一緒がいい」

どことなく甘えているような彼の言葉に、心がきゅんとする。私よりも大きくて立派な男の人なのに、可愛くてドキドキしてしまう。

「健さん、好き……！」

一度、健さんから手を離した私は、心に浮かんだ感情を吐き出し、彼の背に両手を回してしがみついた。

同時に両膝を立てて腰を持ち上げ、昂る彼のものに自分の秘部を擦りつける。二人のそこは、恥ずかしいくらいに濡れていた。

「このまま、入れて？」

健さんの耳元で、囁くようにねだる。

彼は全身をこわばらせて小さく呻いたあと、また首を横に振った。

「だめ、だ。まだ早い。慣らしてないから、きっと痛む。唯香が好きだ。愛している。きみを傷つけたくない」

湧き上がる気持ちをそのまま声にしたような言葉の数々。健さんの剥き出しの心に触れているような気がして、一層嬉しくなった。

「じゃあ、健さんので慣らして。こうやって、擦って、少しずつ」

彼の返事を聞かずに、大きく腰を動かす。太くて硬い楔の裏側を、私の割れ目で撫で上げると、健さんの口から苦しげな吐息が漏れた。

「唯香……」

「もっと。もっと強くして。指じゃなくて、これがいいの」

震える足を突っ張って秘部を擦りつけ、繰り返しねだる。

やがて、観念したように、健さんがおずおずと腰を使い始めた。

私と彼から溢れた蜜が絡まり合い、卑猥な水音が立つ。熱い杭《くい》が割れ目の上を行き来するたびに、甘い痺れが広がっていった。

「あ、あ、凄い。気持ちい……！」

私は響く快感でガクガク震えながら、健さんの動きに合わせて下半身を揺する。

夢中で秘部を擦り合わせているうちに、だんだん彼の動きが激しくなっていき、勢いづいた楔の先が、私の敏感な突起を押し潰した。

「ひうっ‼」

暴力的な快感が一気に頭のてっぺんまで突き抜ける。

ギュッと全身が硬直し、反射的に閉じた瞼の裏でまぶしい光が弾けた。

「やっ、あぁ、だめぇ……！　イッちゃう、から……も、きて、中に……っ」

飛び出しそうになる喘ぎを堪え、限界だと言いつのる。実際には軽く達した気がするけど、深い場所で彼を感じて一緒に気持ちよくなりたいから、わからないふりをした。

健さんは私の必死のおねだりにも気乗りしない様子で、腰を突き出す速度を少し緩め「いや、しかし……」と呟く。

彼の優しさと気遣いはもちろん嬉しい。けど、これ以上焦らされるのも、独りでイクのも嫌だ。

私は、生理的な涙で潤んだ瞳を健さんに向けた。

「もう、我慢できない。健さんが、欲しいの。お願い」

私に目を合わせた彼は、すぐにパッと顔をそらす。続けて、長い溜息を吐いた。

「……本当に、唯香はいやらしくて、魅力的で、困る」

吐息と一緒に愚痴っぽい言葉を吐き出した健さんは、ゆっくりと上半身を起こして、両手で私の太腿の裏を押し上げた。

足の付け根が大きく開かれ、秘部のすべてが彼の前に晒される。割れ目の奥から新たな蜜が溢れ出て、お尻のほうへと伝い落ちていった。

「ここ、凄いな。こんなに真っ赤に熟《う》れて……」

健さんの言葉で、強い羞恥と期待が湧き上がる。彼の視線を感じて、更に感覚が昂った。

「あぁ……早く、入れてぇ……っ」

見られているだけでは我慢できずに、もじもじと身をよじる。

ごくりと唾を呑み込んだ健さんは「ゆっくり、するから」と言い置いて、割れ目の窪みに自身の先端を押しつけてきた。

なめらかなのに硬くて、大きくて、ひどく熱い。待ち望んでいた楔の先が、グチュッと音を立てて中に入り込んだ。

「あ、あ――……っ！」

奥へと繋がる狭い入り口が、彼のもので強引に開かれていく。

ビリビリして痛くてつらい。なのに、その痛みがたまらなく気持ちいい。

健さんは、先のくびれているところまでじりじりと押し込んでから、同じ速度で腰を引いた。

「大丈夫か？」

「へ、平気、だから……もっと、奥に……」

不安げな表情の健さんに向かって、何度も大きくうなずいてみせる。

本当は一息に最奥まで貫いてほしい。でも、優しい彼には無理だろうから、唇を噛んで堪えた。

健さんはちょっと進んでは戻るのを繰り返し、少しずつ深度を増していく。ゆっくりだからこそ、余計に彼の大きさと熱を強く感じた。

「あぁぁぁ……いいっ……あ、んぁ、気持ちいい」

苦しさと快感が同時に襲ってきて、頭がおかしくなりそう。

彼は時間をかけて私の内壁を擦り上げ、突き当たりの壁をぐっと押し込んで止まった。

汗だくの肌を重ね合わせ、必死で呼吸をする。私たちが繋がっている場所に心臓が移動してきたみたいに、ドクンドクンと強く脈打っていた。

「……健さん、熱くて、凄く、硬い……」

「唯香の中も熱い。すぐにでもイキそうだ」

それぞれの感覚を打ち明け、見つめ合い、微笑む。

「大好き、だから、いっぱいして。抱き締めて、キスもして。全部、一緒に、気持ちよくなりたい」

私らしくない甘ったるい言葉を口にして、健さんの肩に頬を擦りつける。

彼は「うん」と短く返事をして、大きく腰を引いた。

「ん、う、あ……っ」

楔が抜け出ていく感覚は、入ってくる時の何倍も強い快感を覚える。甘美で苦しい感覚に、太腿がガクガクと痙攣しだした。

思いきり仰け反って、健さんの抽送を受け止める。抜き挿しを繰り返すたびに、私の奥から次々と蜜が滲み出て、彼の動きがスムーズになっていった。

「あ、健さ……好き……好き、なの」

「俺も、好きだ。唯香……！」

これまで遠回りした時間を取り戻すみたいに、何度も想いを伝え合う。

私の様子を窺うようにゆったりと始まった抽送は、だんだん速くなり、いつしか全身が揺さぶられるほど激しいものになっていた。

力強い抜き挿しで、健さんのこと以外わからなくなっていく。強すぎる快楽に溺れ、喘ぐしかできない。

ボロボロ涙をこぼしながら悲鳴と変わらない声を上げていると、まるで噛みつくように口づけられた。

「ふっ、ぅ、あ、んく、ううっ！」

荒っぽく舌を搦《から》め捕《と》られ、私はあられもなく呻いた。

今、私と健さんは唇を合わせ、肌を重ねて、秘部で繋がっている。二人の境界が曖昧になり、すべてが溶けて混じり合っていくような、不思議な錯覚を覚えた。

このままずっと離れずに、彼と一つになっていたい……なんて、無茶《むちゃ》な願いをいだく。けど、私の希望に反して、どんどん感覚が張り詰め、目の前が白く輝き始めた。

その光はひどくまぶしくて、見続けていられない。

キュッと目を瞑り、健さんの動きに合わせて、夢中で腰を振り立てた。

「んっ、ん、う、ぁ……あ、あっ、あぁ……！」

気持ちよすぎて、舌までブルブルと痙攣する。

いよいよ限界を越えそうになった私は、強引に唇を離して、彼の首にしがみついた。

「やあぁ……だめ、だめぇっ。イク、うっ……も、イッちゃう！」

勝手に下腹部がこわばり、中にいる健さんを締め上げる。

彼は私の内側を抉るように腰を突きだして、最奥に先端を打ちつけた。

「唯香っ！」

「あ、ひ、いっ――……‼」

歯を食い縛り、唸り声を上げるのと同時に、溜まりきっていた感覚がバチッと弾け飛ぶ。

昇り詰めた私が落ち着く間もなく、お腹の奥に灼熱の飛沫がかかり、一気に熱が広がっていった。

「あぁぁ……」

健さんが放ったもので最奥を炙られ、身体がビクビクと大きく痙攣する。

気持ちよくて、苦しくて、朦朧としているうちに上半身をかかえ上げられ、彼と向かい合わせで抱き締められた。

力が入らない身体を健さんに寄りかからせて、浅い呼吸を繰り返す。

彼は私の息が整うまで、頭のてっぺんや、耳、肩に優しく口づけていた。

健さんにキスされるのは、愛されていると実感できて、胸の奥が温かくなる。しばらくそのまま、絶頂の余韻と幸せな気持ちに浸っていたけど、私の中にいる彼が萎えていないことに気づいた。

「……健さんの、まだ硬い……」

薄ぼんやりしているせいで、気づいたことを思わず声に出してしまう。

私の呟きを聞いた彼はバツが悪そうに、少し首をすくめた。

「なぜか今日はひどく感じやすくて鎮まらないんだ。もう少しすれば落ち着くと思う……」

健さん自身にも理解できない現象らしく、不安げな答えを返される。

本当に私たちはどうしちゃったんだろう？　いつもと比べられないくらい過敏なのは、ハネムーンで開放的になっているからなのかな？

わけがわからない状態の原因について、つらつら考える。あれこれと頭を悩ませているうちに、敏感でも特に問題ないような気がしてきた。

私は、健さんの肩に手を置いて身体を支え、伸び上がって彼の唇にキスをする。軽く音を立ててから離して顔を覗き込むと、表情が変わるよりも先に、お腹の奥にあるものがピクピクと震えた。

「唯香？」

「もっと、しよ。初夜なんだから、いいでしょ？」

「えっ」

驚く健さんに構わず、下半身を前後に揺する。

中の気持ちいいところを彼のもので擦られ、外の肉芽を皮膚で刺激されて、ひたすら甘い感覚がじわりと広がった。

「う、あんっ」

「く……っ」

二人の喘ぎが重なる。健さんも私と同じように感じてくれていると知って、嬉しくなった。

「はぁっ、あ、いい……っ」

ついさっき熱情を発散したというのに、欲張りな私の身体は新たな快楽に没入していく。

ただ夢中で自分本位に腰を振っていると、突然、両方の乳首を強めに摘まれた。

「あぁっ‼」

激しい快感がビリビリと走り抜ける。反射的に全身が硬直して、健さんを咥えているところがせわしなくひくついた。

秘部の痙攣に合わせて、割れ目からピュッと熱い水が噴き出す。気持ちよすぎて自分が潮を噴いたのだということはわかっているけど、粗相をしているみたいで居たたまれなくなった。

「ふ、ぁ、健さ……だめぇ。んんっ……全部、は、強い、からぁ」

言葉足らずな説明をして、ゆるゆると首を左右に振る。

両方の胸と、秘部の突起、割れ目の中の敏感な部分……そのすべてから甘苦しい感覚が湧き上がり、私をひどく苛んでいた。

適当な説明では健さんに私の状態が伝わっていないのか、それとも、気づいたうえで無視しているのか、彼は両手の親指と人差し指で、膨らみの先を捩るように刺激してくる。

硬く窄まり、感じやすくなっている乳首を荒っぽくこねられて、私はだらしない嬌声《きょうせい》を上げ続けた。

閉じられない口から涎を垂らして、強い快感にすすり泣く。つらいけど、腰の動きが止められない。

どう考えても見るにたえない姿のはずなのに、健さんはうっとりした様子で私の顔を覗き込んできた。

「ああ、可愛い、唯香。そのまま、イッてみせてくれ……」

彼も快感に溺れているのか、独り言のような呟きを向けられる。

私独りだけでイクのは、寂しいような悔しいような気がするけど、拒絶できるほどの余裕はなかった。

腰を揺するたび、さっき健さんに濡らされた内側から、グチュグチュと音が立つ。

いやらしい、気持ちいい。もっと強い快感が欲しい。……でも、苦しい。

さまざまな感情が次々と襲いかかり、理性が散り散りになっていく。

私はみっともなく息を荒らげ、欲望に従いひたすら下半身を蠢かせる。嬲られ続ける割れ目と肉芽がギュッとすくみ上がり、ビリビリと痛みだした。

これ以上は少しも我慢できないというくらいに感覚が張り詰める。絶頂の予感に思わず腰を浮かせかけた時、酷使された足からがくりと力が抜けた。

重力に抗えず、健さんの上に腰を落とす。硬く膨らんだ彼の突端が、私の奥の奥に突き刺さった。

「う、ぁ、奥っ、う――――っ‼」

健さんの肩に爪を立て、ブルブルと全身を震わせる。激しく昇り詰めたのと同時に、秘部から勢いよく潮が迸った。

意識を失いかけた私の身体が、ぐらりとかしぐ。とっさに健さんが腕を回して、倒れないように支えてくれた。

そっとベッドに横たえられる。まだ興奮したままの楔が、ゆっくりと抜け出ていった。

健さんの熱を鎮めてあげたいのに、イッたばかりの私は身動きができない。

彼は私の身体を横向きにしたあと、涙と汗と涎でベタベタの顔を、シーツの端で拭ってくれた。

「唯香、とても可愛かった。ありがとう」

優しい言葉と共に、頬に口づけられる。汗で濡れた私の前髪を手で除けた健さんは「そのまま眠るといい」と言い置いて、身を起こした。

離れていこうとする彼の腕を、震える手で押さえる。

「待っ、て……健さん、まだ……」

喘ぎを上げ続けたせいでかすれる声を振り絞り、彼がイッていないことを指摘した。

私に止められた健さんは柔らかく微笑んで、小さく頭を振る。

「俺はいい。放っておけばそのうち落ち着く。きみは疲れただろう？」

「や、だっ」

健さんが私を思いやってくれていることは、もちろんわかっているけど、これで終わりだなんて納得ができない。

私はだるさを訴える足をそろそろと開いて、付け根に手を伸ばし、指で割れ目を広げた。

「健さん……ここ、きて。最後まで、して、ほし……。中で、イッて……」

「……いや、だが、それは」

私の痴態を目の当たりにした健さんは、あからさまにとまどいの声を上げた。

……本当に彼を愛しているから、どんなに疲れていたって平気だし、我慢しないで私の身体で気持ちよくなってほしい。だけど、まだ興奮が醒めていない状態では、それを説明することができなかった。

ぜいぜいと呼吸を繰り返しながら、私は熱く潤んだ自身の割れ目の奥に、そっと指を潜り込ませる。健さんに見せつけるために、わざとゆっくり抜き挿しをした。

くちゅりくちゅりと、かすかな水音が立つ。

健さんが誘惑に引っかかってくれるように願いつつ、彼の姿を横目で確認すると、息を詰めて私を見下ろしていた。

「あ、早くぅ……一緒に、イキたい、からぁ」

ダメ押しで甘ったるい声を出す。

ごくりと唾を呑み込んだ健さんが、私の足首を強く掴んだ。

「唯香……！」

横向きで寝そべった姿勢のまま、片足を持ち上げられる。大きく開かれた足の間に健さんの身体が入り込み、次の瞬間には、お腹の一番奥に彼の楔を突き立てられていた。

「ぁ――――……!!」

入れられただけで達してしまい、声が裏返る。秘部の内側から押し出されるように、色々なものが混ざり合った淫水が飛び散った。

健さんは私がイッたことに構わず、激しい抽送を始める。

最奥に食い込むほど深く穿たれ、次に、離れるぎりぎり手前まで引き抜かれ……その一突きごとに重い快感が響いて、私の中でバチバチと火花が弾けた。

嬌声を上げる間もなく、立て続けに達してしまう。熱くて痛くて、それ以上に気持ちよくて、

秘部が壊れそうだ。

延々と続く抜き挿しで、ベッドのスプリングが嫌な音を立てている。

自分で自分がどうなっているのかわからなくなった頃、健さんが派手に息を呑み、ぐぐっと身体をこわばらせた。

「ゆい、か……愛している……！」

彼の愛の囁きに続いて、私の中に熱情が撒《ま》き散らされる。

激しく擦り立てられた内側を、健さんの放ったもので濡らされ、私は何度目かわからない真っ白な世界を見た。

また、イク——もう、だめ——……っ！

心の中で悲鳴を上げて、昇り詰める。

健さんが口にしたのと同じ言葉を返したかったけど、限界を超えた身体は、まるで電気が消えるみたいに深い闇へと落ちていった。


……遠くで鳥の鳴く声が聞こえる。心地いいけど、少し騒がしい音。

頬に湿った風を感じて、私はゆっくりと瞼を上げた。

一瞬、自分がどこでどうなっているのかわからなかったけど、二度三度とまばたきをするうちに、ハネムーン中だったと思い出す。

首を回して辺りを窺うと、私は薄暗い部屋の中で広いベッドに一人横たわっていた。

隣にいるはずの健さんの姿がない。少し不安になって身体を起こしたのと同時に、鳥の鳴き声が高らかに響いた。

やけに大きく聞こえたことに驚き、外に目を向ける。バルコニーへと繋がる扉が少し開いていた。

……健さんが外にいるの？

まだ日の出には早い時間のようだけど、いったい何をしているんだろう？

確認しにいくためにベッドを下りた私は、自分が裸だと気づいて身を縮めた。

はっきりとは覚えていないけど、昨夜は想いのままに散々エッチなことをしたから、気を失うように眠ってしまったのに違いない。無意識に見下ろした胸元に、いくつも薄赤い痕が残っていた。

さすがに恥ずかしくて、慌てて着替えを引っ張り出した。

とりあえず下着と服を身に着けてから、そっとバルコニーを覗き込む。柵の手前に立つ健さんが、白み始めた空を眺めていた。

「……健さん？」

ゆっくりと振り返った彼は、私を見つけて、穏やかな笑みを浮かべた。

「おはよう。起こしてしまったか?」

「ううん。鳥の声が聞こえたから、気になって……」

ゆるゆると頭を振って、健さんのせいじゃないと伝える。

珊瑚礁の中に浮かぶ亜熱帯の小島だから、とにかく野鳥が多い。鳥たちは日の出と共に起き出して、一日の始まりを告げるように鳴き交わしていた。

「そうか」

短くあいづちを打った健さんは、また外に目を向けた。私も彼の隣に立って、雲一つない空を見上げる。

「いい天気になりそうだね」

「そうだな。……帰るのが惜しいくらいだ」

健さんの言葉で、今日がこの島で過ごす最終日だと思い出した。

夢のような時間が終わってしまう寂しさと、残念な気持ち、そして家に帰れるという安心感が湧き上がる。

複雑な感情を覚えて、ふうっと溜息を吐くと、健さんが労《いたわ》るように肩を抱いてくれた。その優しい仕草が嬉しくて、私も彼に寄り添う。

「本当にここにきてよかった。健さんのこと、ずっと好きだったけど、もっと大好きになった気がするの。結婚の誓いもやり直せたし。連れてきてくれて、ありがとう」

少し照れくさく思いながら、素直な気持ちを声に出す。

私に視線を合わせた健さんは、幸せそうに目を細めてうなずいた。

「うん。俺も新婚旅行ができてよかった。唯香に対して、無意識に作っていた壁をなくすことができた。……こんな俺と結婚してくれて、好きになってくれて、本当にありがとう」

「健さん……」

彼のまっすぐな言葉が、じんと胸に沁《し》みる。

こんなふうに健さんが感情を見せてくれることが、とにかく嬉しくて、瞳に涙が浮いた。

もの凄く照れ屋なうえ無口でわかりにくくて、偏屈なロボットみたいに見えていた健さんは、もういない。私の隣にいるのは、優しくて頼りがいのある自慢の夫だ。

このハネムーンで、もう一度、愛を誓い合った私たちは、きっと本当の意味で夫婦になれたんだろう。

今なら、昨夜のセックスであんなにも敏感になって、燃え上がった理由がわかる。私が彼を、彼が私を、本気で愛しているのだと理解し合い、身体だけじゃなく心でも繋がることができたおかげだ。

目の前の景色から、夜の闇が少しずつ消えていく。やがて、木々の間に、まぶしい日の光が見えた。

「一日の始まりだ」

健さんの呟きに、私もうなずく。

「今日も……ううん、これからもよろしくね」

「ああ」

朝日の中で見つめ合った私たちは、どちらからともなく顔を寄せ、唇を重ねた。

ハネムーンはもう終わるけど、二人の時間は続いていく。真実の愛と共に、ずっと……。

あとがき

ガブリエラ文庫プラスでは初めまして、こんにちは。佐々千尋と申します。

まずは拙作『無表情御曹司は新妻とイチャイチャしたい』をお手に取ってくださいまして、ありがとうございます！

本作品は突然の不幸に襲われながらも強く生きるヒロインと、高スペックなのに照れ屋で理解されにくいヒーローのお話となっております。

既にご存じの読者様もおられるかと思いますが、私ややギャップ萌えの気があるようでして。登場人物に変わった特徴があることが多いです……。パーフェクトな美男美女のカップルは素敵です。でもウイークポイントがある二人も愛らしくて好きなんですよね。

ちなみに本文中には出せなかったものの、健は健康的で強い女性が好きという裏設定もあります。いつも病弱な母が苦労している姿を見ていたので、真逆の唯香に惹かれたという。おかげで強気な妻にアレコレされちゃってます（笑）

そういうわけで、ちょっと残念な部分がある唯香と健のお話ですが、少しでも楽しんでいただけましたら嬉しいです。

少し前から持病で体調の変動が大きくなっておりまして（といっても命に関わるようなものではないのですが）担当者様ならびに関係者の皆様には、大変ご迷惑をおかけいたしました。お詫びを申し上げますと共に、本作の刊行にご助力くださり、本当にありがとうございました。

そしてイラストを担当してくださいました要まりこ先生、唯香も健もイメージ通りで素敵です。感情豊かな唯香に萌えちゃいます、何度見ても可愛い‼　クールな健は格好いい‼　ありがとうございます。凄く嬉しいです。

書いている途中は、いつも迷路に入り込んでしまったような気持ちになり、本当にこれでいいのかと悩み通しです。そんな私がお話を書き続けていられるのは、ひとえに応援してくださる読者様のおかげです。

またいつかどこかで、新しいお話をお届けできますことを願っております。ありがとうございました！

佐々千尋

無表情御曹司は新妻とイチャイチャしたい　キャラクターデザイン：要まりこ

要まりこ 先生の キャラクター デザイン!!

■加納唯香■

■小早川健■

一途な副社長は偽りのフィアンセにキスをする
Novel 玉紀 直
Illustration 天路ゆうつづ
もっともっと幸せにする。
この薬指に、誓うから
ＯＬの市橋真衣はリゾート地のホテルで神楽智章と知り合い、一夜を共にする。住む世界が違う人だと連絡先も教えずに帰宅したが、智章は取引先の会社の副社長だった。真衣を捜しだし、祖父のために婚約者のふりをしてくれと頼んでくる智章。彼の真摯な態度に思わず引き受けた真衣に、智章は当然のように彼女との同棲を決め、甘く誘惑をする。「あの夜から君が忘れられなかった」元から彼に惹かれていた真衣は嬉しくも心乱れて!?
好評発売中！

Novel 御堂志生
Illustration 氷堂れん
運命の蜜夜に溺れて
俺サマ御曹司と秘密のベビー
君に会いたかった。
とある学校で教諭をしている椎名弥生は、事情があって結婚を半ば諦めていた。だが、ひと夏の思い出作りにと訪れた軽井沢のコテージでそこに勤める藤崎忍に恋をし初めてを捧げる。「感じるだろう？　ここが君の一番深い場所だ」優しい彼と素敵な時間を過ごし元の生活に戻った弥生は、藤崎の子を身ごもったことに気付く。動揺して悩んでいたとき、結婚相手にと紹介された大企業の若社長が、名前と身分を偽っていた藤崎だと知り!?
好評発売中！

ガブリエラ文庫プラス
gabriella plus

MGP-036
無表情御曹司は新妻とイチャイチャしたい

2018年9月15日　第1刷発行

著　者　佐々千尋　
装　画　要まりこ

発行人　日向 晶

発　行　株式会社メディアソフト
〒110-0016　東京都台東区台東4-27-5
tel.03-5688-7559　fax.03-5688-3512
http://www.media-soft.biz/

発　売　株式会社三交社
〒110-0016　東京都台東区台東4-20-9　大仙柴田ビル2F
tel.03-5826-4424　fax.03-5826-4425
http://www.sanko-sha.com/

印刷所　中央精版印刷株式会社

佐々千尋先生・要まりこ先生へのファンレターはこちらへ
〒110-0016　東京都台東区台東4-27-5 (株) メディアソフト
ガブリエラ文庫プラス編集部気付 佐々千尋先生・要まりこ先生宛

ISBN 978-4-8155-2010-6　Printed in JAPAN

ガブリエラ文庫WEBサイト　http://gabriella.media-soft.jp/